A leitora de poesia

Editor
Marcelo Nocelli

Revisão
Marcelo Nocelli
Eliéser Baco (EM Comunicação)

Imagem de capa
John William Waterhouse, *Ophelia* (1899)
Óleo sobre tela (Private collection)

Design e editoração eletrônica
Negrito Produção Editorial

Dados Internacionais de Catalogação na Publicação (CIP)
Bibliotecária Juliana Farias Motta (CRB 7-5880)

Faber, Marcos Alexandre, 1966-

A leitora de poesia / Marcos Alexandre Faber. – São Paulo: Reformatório, 2021.
136 p.; 14 x 21 cm.

ISBN 978-65-88091-21-0

1. Literatura brasileira. I. Título.

F115l CDD B869.1

Índices para catálogo sistemático:
1. Literatura brasileira
2. Romance brasileiro
3. Ficção brasileira

EDITORA REFORMATÓRIO
www.reformatorio.com.br

MARCOS ALEXANDRE FABER

A leitora de poesia

O público-leitor de poesia lírica é, necessariamente, diminuto.

HAROLD BLOOM

Belas Artes

à Isabel de Mello

Não, não estavas morta
Apenas dormias com a calma
Que se eleva depois da ventania
Da guerra ou do amor

Eu podia ver-te entre os tempos
Ou ausente deles
Quando eras menina, rapariga
Ou agora, melhor, como fruta caída

Eu podia sentir a tua pele
Quase transparente
Os teus vasos sanguíneos
Dentre as serpentes

Parecias imune
Aos venenos...

Não, não estavas morta
Apenas pousavas de Senhora
De deusa suicida
Ou rainha abandonada
Como nas belas artes.

Recife, 7 de dezembro de 1997

Pera veer meu amigo,
que talhou preito comigo,
alá vou, madre.

Gostas do teu nome, Afonso, sabes o que significa? Tive a curiosidade de ver num manual de onomástica. Tem origem germânica e significa algo como "inclinação nobre", "pronto para a nobreza", "apto para ser nobre".

Tentei me lembrar de outros poetas com esse nome, mas não me veio nada. Depois encontrei o Alphonsus de Guimaraens e um trovador galego, Afonso Eanes de Coton. Parece-me que tens mais nome de rei do que de poeta. Foram tantos entre Espanha e Portugal, inclusive o primeiro rei português, D. Afonso Henriques.

Fiquei repetindo esse nome como um mantra, numa prática espiritual. Queria acostumar-me a ele. Parece-me íntimo agora. É um nome elegante, mas não gosto da sua forma feminina: Afonsa. Não colocaria em minha filha. Também não o colocaria em nosso herdeiro se, um dia, tivéssemos um filho. Poderiam querer chamá-lo pelo diminutivo: Afonsinho, horrível... Não! Para mim, Afonso, basta um.

Não sei ver a numerologia dos nomes, como fazia Fernando Pessoa. Assim, não saberia dizer se é um bom nome para ascenderes ao Olimpo literário. Pelo andar da tua carruagem, não.

Acho que nascer com um bom título já é grande começo. Atender por um nome como Hilda Hilst ou Emily Dickinson não faz mal a ninguém. Mas, às vezes, é preciso forjá-lo. Os nossos pais não imaginaram que seríamos poetas! Cora Coralina nasceu Anna Bretas e Eugénio de Andrade era José Fontinhas. Curioso, não?

O nome diz muito das pessoas, muito mais para um poeta. Gosto do meu, mas se fosse escritora é possível que trocasse o sobrenome. Talvez isso decepcionasse os "nobres" de casa que querem fazer a genealogia da família até encontrar os livros de linhagens.

O meu, Isabel, significa "casta", "pura". Só se for a rainha consorte de Portugal, Isabel de Aragão. Ela possuía uma vida romanesca. Não sei se por curiosidade do homônimo, li, algures, a sua biografia. Uma mulher santa, a quem são atribuídos alguns milagres. Transformou os pães que trazia no regaço em rosas. Aos doze anos casou-se por carta, por procuração, com D. Dinis, o rei poeta, sem conhecê-lo, fortalecendo a aliança dos reinos peninsulares.

Sabe que nunca me saiu da cabeça a ideia de que ela está por trás de todas aquelas cantigas de amigo atribuídas ao monarca? Não que o poeta, um fingidor, não possa revelar os sentimentos e as estratégias femininas, mas quando ela chegou ao reino, ele era apenas um aprendiz de trovador.

Naquele mundo medieval, mantinha interesse por política e filosofia como mostram as suas epístolas ao irmão Jaime II. Por que não deveria escrever em segredo a poesia para o seu amado, se não podia, ela própria, revelar os seus dons?

Será este também o meu destino? Estranho, não? Será que não somos reencarnações dessas personagens?

Na História Real, a Isabel vivia sitiada por Afonsos monarcas. Foi irmã de Afonso III de Espanha e mãe de Afonso IV de Portugal. Na literária, quer apenas ser a amante do poeta e fazer a sua própria estirpe.

Da tua leitora real,
Isabel.

Recife, 5 de janeiro de 1999

Meu caro Afonso,

Escrevo-te a segunda carta no mesmo dia. É que, para mim, já és um mal necessário como a própria poesia. Este é o jogo da vida, vamos dependendo mais e mais das coisas, por isso, contraditoriamente, permanecemos vivos.

Mesmo que eu tenha cortado quase tudo em minha vida, ainda me sinto dependente de algumas coisas, como das cartas e do som do cravo que me extasia.

O cravo é o antepassado do piano e foi muito utilizado por Bach em suas composições. Acho que, quando tinha uns treze anos, fiz meu pai comprar um para mim. Era importado, depois veio um rapaz de São Paulo para montar. No cravo, as cordas não são percutidas como no piano, mas tangidas. Não adianta que o cravista bata na tecla com força, o som é o mesmo. Acho que a sua mecânica é parecida com a minha!

Eu nunca toquei uma nota nele. Abandonei tantas coisas que nem comecei. Depois percebi, o que eu queria não era aprender a tocar cravo, mas ouvi-lo. Não seria muito mais simples? Por que temos que carregar nos ombros tanta gravidade?

Um dia desses estava lendo uma entrevista do Milan Kundera sobre o que seria a *Insustentável Leveza do Ser*! Eu, que a todo o momento pareço cair no precipício, seria talvez, assim como a Teresa, a antípoda da Sabina, que personifica no romance este conceito.

Nessa entrevista, o Kundera falou de coisas trágicas com muita naturalidade e beleza. Perguntava onde andavam os grandes poetas. Teriam desaparecidos ou as suas vozes tornaram-se inaudíveis?

Sei que és poeta, Afonso, mas entendo muito bem o que o Kundera falava. Os poetas estão caídos, perderam o seu poder simbólico. Ele dizia que, há tempos atrás, seria impensável uma Europa sem poesia. O homem perdeu a necessidade da poesia e vislumbra o seu desaparecimento. Mas então, poeticamente, Kundera diz que o fim não seria uma explosão apocalíptica: ao contrário, talvez não houvesse nada mais tranquilo do que o fim.

Será, Afonso, que o fim é tão tranquilo assim? Não mais do que um grande sono. Para mim, seria imperceptível, eu já vivo meio adormecida mesmo!

Ao ler estas palavras do Kundera, lembrei-me logo de ti. Se eu mesma me sinto deslocada no mundo, imagino como deves se sentir, meu querido! Para que tempo tão ingrato escreves? Se a própria civilização europeia perdeu a sensibilidade para a poesia, que dirá a nossa?

Indago-te então, meu triste Aedo: tu acreditas na imortalidade da poesia? Imaginas um mundo sem poesia? Que farias tu da vida? Se a Europa já nos deu toda a poesia e de suas ruínas não surgem mais poetas, talvez o Recife seja um porto, um refúgio! Existimos nós dois e podemos acasalar para salvar a espécie! Poeta e leitora. Salvaremos a poesia...

Não queres aproveitar que todos saíram? Se, pela manhã te convidei para um pequeno almoço francês, convido-te agora para um jantar. Não desejas acompanhar uma senhora desamparada? Apetece-me frutos do mar e vinho rosé! Gosto da sua tonalidade púrpura. Excita-me. Lubrifica-me! Tenho aqui um Cabernet Sauvignon. Queria ver-te embriagado, perdendo a métrica! Poderias recitar para mim os teus poemas. Sou uma dama para quem as palavras valem mais do que os diamantes. Aproveita.

Para combinar, a nossa trilha seria "*Des yeux qui font baisser les miens, / Un rire qui se perd sur sa bouche. / Voilà le portrait sans retouche, / De l'homme auquel j'appartiens. / Quand il me prend dans ses bras / Il me parle tout bas, / Je vois la vie en rose.*"[1]

Vivo ansiosa por este encontro! O que te falta, Afonso? Casei-me como uma rainha para sacrificar-me. Não é honrado fazer isto, não é nobre? Muitas não salvaram a pátria por isso, não evitaram as guerras e pouparam vidas? Falta-me agora o amor!

Da tua Isabel.

1. "Olhos que fazem baixar os meus/ Um riso que se perde em sua boca /Aí está o retrato sem retoque / Do homem a quem eu pertenço. / Quando ele me toma em seus braços / Ele me fala baixinho / Eu vejo a vida em rosa." Édith Piaf, *La Vie en Rose*.

Nota do autor

Era uma segunda-feira, 21 de julho de 1997. Lembro-me, com a clareza de todos os detalhes de um romance realista, afinal não é todos os dias na vida que lançamos um livro. Já não era mais o garoto prodígio que, aos dezessete anos, publicara os seus primeiros poemas. Vesti-me para a noite célebre como se fosse um escritor famoso, e estreei uma caneta tinteiro *Montblanc* para a sessão de autógrafos, que havia comprado, a propósito, num antiquário do Recife Antigo.

Aos poucos, foram chegando os meus amigos de sempre: três ou quatro poetas, entre eles, o meu grande camarada Francisco, alguns alunos e familiares. Nenhum grande crítico, numa cidade que não tem críticos à altura da poesia que faz, para acobertar o acontecimento naquela noite nublada.

O Francisco, com a sua passionalidade característica, fez a apresentação, enfatizando que estávamos diante de uma das obras mais inventivas produzidas na última década no Recife.

Dizia que eu era um poeta de grande refinamento e possuidor da essência polissêmica que permeia e organiza a grande poesia, com rara imagística e musicalidade, comparando-me a nomes célebres da poética pernambucana, como Carlos Pena Filho. E leu um dos seus poemas prediletos que, por sua sugestão, dava título à minha nova série.

Ao final do evento, eu tinha vendido treze livros, menos do que nos lançamentos de todos os livros anteriores. Saímos para tomar um vinho no Dom Pedro: eu, o Francisco e mais dois poetas. Eles reafirmavam a beleza da minha lírica, mas era como se eu achasse que justamente este elemento, a beleza, simbolizada pela própria poesia, era agora menos necessária no mundo contemporâneo. Havia uma nova demanda, e eu não estava me expressando para o meu tempo!

Na manhã seguinte, já sem a aura daquele dia alegórico, pensei, mais uma vez, em abandonar a *poiesis*. Por que não vivera no século XIX? Até ali, a poesia fora uma instituição respeitada, e mesmo os poetas pobres como John Keats sabiam que estavam fazendo algo civilizacional! E agora, para quem escrevo eu?

O livreiro, Sr. Tarcísio, quando do acerto das contas, sugeriu que eu deixasse dez livros consignados. Eu só queria deixar cinco para não passar mais um vexame. Mas, atendendo a sua generosidade, deixei os dez exemplares. Os outros 277, da edição de 300, seriam para escambo: moeda de troca, para doar durante os próximos vinte anos da minha vida ou quem sabe, no futuro, um leitor imaginário, num sebo, nas calçadas do Recife, redescobri-los e lê-los com fruição.

Algum tempo depois do lançamento, com uma falsa despretensão, querendo, na verdade, saber do destino dos meus livros, passei na Guarany e soube pelo Sr. Tarcísio que haviam sido vendidos 7 exemplares da prateleira. Vendidos de forma espontânea. Valor que ele me pagou na hora, em espécie, não pensando que eu estivesse ali como um coletor, mas possivelmente sabendo das dificuldades de um bardo recifense!

Comecei a desenvolver uma grande curiosidade sobre quem e por que alguém estava comprando aquele título com menos de cem páginas, como se quisesse entrar, em segredo, em suas leituras e descobrir-me em outros olhos!

Num sábado pela manhã, quando fui ao centro da cidade, passei mais uma vez pela Livraria e, com alguma inquietação, perguntei ao livreiro se, por acaso, ele sabia quem tinha adquirido meus poemas.

Sorrindo, como quem estranha a pergunta, disse-me que não, mas que não custava nada perguntar aos três vendedores daquela pequena livraria da maltratada Rua do Progresso.

Confesso que, no íntimo, eu esperava receber um não e pôr fim de vez àquela minha investigação por falta de provas. Mas, ao contrário do que pensei, a vendedora disse-me que sabia, sim, porque uma senhora voltara para adquirir um segundo exemplar. Que era uma senhora bastante conhecida e que o Sr. Tarcísio a tratava pelo nome. E, tomando iniciativa, foi explicar-lhe que era aquela senhora que vinha sempre com o motorista.

– A senhora Isabel de Mello! – exclamou o livreiro, enfatizando pertencer a uma das famílias mais tradicionais de Pernambuco.

É claro que eu já tinha ouvido falar da Sra. Isabel. Sabia que vinha de uma família da aristocracia do açúcar, tinha por volta de uns 60 anos, era muito elegante, discreta, e às vezes aparecia na coluna social do Diário de Pernambuco, sempre ligada a atividades filantrópicas.

Deve ser isso. Ri de mim mesmo, com certa ironia, e fui para casa um pouco mais feliz. Mas não sabia que, a partir daí, começaria uma série de acasos e desencontros que iriam mudar por completo a minha vida.

Não foi difícil encontrar, num catálogo destinado à alta sociedade, o endereço da Senhora Isabel. Resolvi, num gesto impulsivo, escrever-lhe uma carta. Tal ato resultou no encontro mais fecundo da minha vida, que derivou numa série de cartas que até agora guardei em sigilo como um bem a mim confiado.

Passo a publicá-las, assumindo todos os riscos e dolos da minha iniciativa. Não como uma forma de me confessar ou me perdoar, nem mesmo como resultado de uma resignação diante da fatalidade, pois, ao contrário, como nas tragédias, tenho a cabeça erguida diante do imponderável. Ofereço-as, mesmo sabendo da natureza privada das epístolas, por achar que elas têm mais poesia do que os meus próprios poemas. E a poesia não tem pertenças.

Publico-as por perceber que estou diante de alguém que, de verdade, compreendia a vida e a poesia como uma extensão! Não o poeta, às vezes encerrado em seu mundo, mas o leitor, em quem a poesia se realiza desde a sua origem, bem antes dos teóricos da recepção formularem tais conceitos.

E são tão poucos os leitores de poesia, mais raros ainda do que os bons poetas! Aqueles que não buscam reconhecimento e nada pedem para si no panteão literário.

De certa forma, agora a minha vida é também o que poderia ter sido este encontro, o amor que não vivi, o que faz de mim um ser menor do que qualquer pessoa que nunca tenha escrito um único verso.

Esta história pode parecer inverossímil. Por que algumas pessoas, às portas do século XXI, ainda escrevem cartas? Não sei, mas a verdade é que parecíamos não pertencer a este tempo. Tínhamos a alma envelhecida em barris de carvalho.

Recife, 10 de outubro de 1997

Cara Senhora Isabel de Mello,

Peço-lhe desculpas por este meu ato invasivo, por escrever-lhe sem qualquer solenidade. Sei que a senhora não me conhece, pois não frequentamos os mesmos espaços desta metrópole que em tudo me tem sido ambígua.

Andei publicando alguns livros de poemas, todos em edições independentes. Na verdade, um exercício narcísico, já que não tenho qualquer público. Sou, assim, poeta, leitor e crítico de mim mesmo.

Através de uma vendedora da Livraria Guarany, soube que a senhora comprou dois livros meus de poemas. Apeteceu-me saber quem os havia comprado. Talvez faça parte do fetiche do poeta, numa era tão escassa para a poesia, imaginar quem são os seus leitores, ainda mais de um escritor amador como eu.

Imaginar o destino dos exemplares. O destino de cada um. Se frequentará alguma cabeceira ou se vai cair numa estante qualquer de um sebo e para sempre será esquecido, como fazemos com a maior parte dos nossos dias.

Escrevo-lhe então só para agradecer, seja qual for o motivo que a tenha levado a adquirir tão simples obra. Sou mais um poeta numa cidade que se autoproclama "terra da poesia"! Talvez por isso mesmo sejamos tão invisíveis.

Sem mais,
Afonso.

Recife, 17 de outubro de 1997

Caro senhor Afonso,

Gostaria de agradecer-lhe a carta e, ao mesmo tempo, revelar a minha mais completa surpresa por um acontecimento tão inusitado em minha vida. Não é frequente nós, leitores, recebermos letras dos poetas!

Das poucas vezes que saio de casa, costumo frequentar as livrarias e trazer o máximo de ficção e de poesia possível. Os poetas do mundo inteiro têm sido os meus amigos! Naquele dia, fui ao centro, comecei a folhear, ao acaso, vários livros de poemas e o seu me saltou aos olhos.

Diferente da prosa, podemos abrir um livro de poemas no meio e julgar, talvez de uma forma errada, todo o conteúdo por um único poema. O livro de poemas tem também este sabor da aventura, do jogo de cartas, abrir ou não na página certa. Toda a vez que abrimos um, como um crupiê, a sorte do poeta está lançada. Sei de poetas que ficaram célebres por um único poema! Mas é claro que há poetas de que gostamos de quase tudo. Estes são poetas de exceção.

Confesso-lhe que sou um pouco exigente com relação à poesia e por isso mesmo não vou jogar-lhe seda sobre o seu livro, mas a página que abri convocou-me para o próximo poema e para os seguintes. Quando percebi, tinha lido quase todo ali mesmo, entre as estantes de poesia da Guarany.

Mesmo sem conhecê-lo, para além da força poética, pareceu-me um registro autobiográfico. Gosto quando o eu lírico e o poeta se fundem com contenção, sem derramamentos, com elegância, como me pareceu a sua escrita. Assim, não tive alternativa a não ser comprá-lo. Neste sentido, o agradecimento é meu.

Sem mais, grata pela confiança, despeço-me.
Isabel de Mello.

Recife, 3 de novembro de 1997

Nunca fui como todos
Nunca tive muitos amigos
Nunca fui favorita
Nunca fui o que meus pais queriam
Nunca tive alguém que amasse
Mas tive somente a mim.

Caro senhor Afonso,

Não contive a ansiedade, por isso escrevi outra carta, antes mesmo da resposta da sua. É que ando mal e só a poesia me conforta. Quisera eu ter resposta para tanta tristeza que me invade. Não sei se o senhor gosta da Florbela Espanca, mas é com ela que tenho passado as minhas noites, para além do seu livro que, depois da sua carta, reli ainda com mais esmero.

Quisera eu ter um pouco deste talento com as palavras, talvez assim tivesse o peso da minha existência aliviado. Mas sou apenas uma leitora e invejo os poetas. Invejo Charles Baudelaire, Fernando Pessoa. Morro de inveja de cada metáfora da Elizabeth Bishop e tenho, agora, inveja também do senhor.

Hoje, desculpe-me a franqueza, apenas a melancolia da Florbela Espanca me é irmã! Não tenho nenhuma motivação, nem mesmo para ir ao meu analista. Há em mim uma letargia para com cada movimento da vida, como se eu mesma tivesse saído das pinceladas pré-rafaelitas.

Quisera eu estar deitada na relva entre crisálidas e girassóis, em completo desalinho e ali permanecer imóvel até tornar-me planta também. Com os braços abertos, como cachos castos nunca tocados pelas mãos. E os meus cabelos como raízes a espalharem-se na terra. E, como terra, vestir-me de sol, chuva e pólen.

Seria uma existência mais tranquila. Sinto como se me tivessem tirado da natureza e colocado no vaso. Mal posso respirar nesta estufa. Neste castelo suspenso, nesta cobertura de vidro, erguida nas nuvens.

O vidro, não sei se o senhor sabe, demora mil anos a decompor-se. E é aqui que me trancam. Sobre os vidros, põem as grades, com medo de que eu me torne um pássaro. Mas eu não sou pássaro, sou planta. No máximo, uma mariposa, sem voos altos. Mesmo tendo asas exuberantes, sou inseto e tenho o pouso já em meu próprio nome. Na minha existência dupla, sou larva que vive em casulo e cava o chão.

Sei que o senhor mal me conhece, mas, conhecendo a sua poesia, senti-me tomada a escrever-lhe. Faço-lhe então uma pergunta: Sendo eu triste e telúrica desse jeito, poderei ser poeta, um dia?

Com amizade,
Isabel.

Recife, 10 de novembro de 1997

Cara Senhora Isabel,

Nem sei o que dizer pela confiança de uma carta tão pessoal, sem ao menos nos conhecermos. Mas posso lhe assegurar que os poetas não são dignos de inveja. E, discordando da sua querida Florbela Espanca, de quem eu também sou admirador, quando diz "Ser poeta é ser mais alto, é ser maior", são seres menores, dependentes da aquiescência dos ledores. Ao menos, é assim que eu me sinto.

Iludo-me em pensar que estou escrevendo para o tempo errado. E iludo-me mais ainda acreditando que, um dia, serei descoberto por leitores do futuro. Sousândrade apenas encontrou leitores para "*O Guesa Errante*" um século depois, mas ao menos foi bem lido. Talvez não seja um bom presságio para um poeta ser consagrado em seu próprio tempo!

Mas não quero falar nada a meu respeito hoje. Apenas queria dizer que a sua tristeza, pelo que percebo, já é lirismo. É a percepção da fragilidade, do passo para o desequilíbrio, para o pequeno desastre, que faz um poeta. Sim, os poetas não são necessariamente boas companhias. Às vezes, é melhor tê-los a distância segura para não cairmos juntos.

Não sei se, um dia, a Isabel fará poesia. Digo apenas que o que você faz no mundo de hoje é muito necessário. Quisesse o mundo ter menos poetas e mais leitores. Há deuses demais para poucos adoradores.

Eu mesmo, se me fosse dado o poder da escolha, gostaria de aproveitar a poesia como um diletante. O Jorge Luís Borges dizia uma frase que deveria ser um lema para todos nós poetas. "Todos sabem que me aventurei na escrita, mas tenho muito mais orgulho daquilo que li".

Assim, talvez pudesse contemplar um poema em toda a sua verdade, sem medir força com os outros. O poeta não é o leitor maior, nem pode, pela sua natureza, ler um poema desprotegido. Repito: não tenha inveja dos poetas.

Neste sentido, acho que todos os poemas deveriam ser anônimos, como foram no mundo antigo e mais ainda nas civilizações mais primitivas. Ou talvez seja nas mais avançadas como no mundo imaginário de Tlön, onde "nos hábitos literários é também todo-poderosa a ideia de um sujeito único. É raro que os livros estejam assinados. Não existe o conceito do plágio: estabeleceu-se que todas as obras são obra de um único autor, que é intemporal e é anônimo."

O mundo passa bem sem o poeta, mas não sem o poema, sem o leitor. Não estou querendo desencorajá-la da escrita, apenas admirando a sua condição, superior à minha, para quem a poesia tem verdadeiro significado.

Com um abraço afetuoso,
Afonso.

Recife, 23 de novembro de 1997

Caro Afonso,

Sinto-me um pouco melhor hoje. Fui ao Parque da Jaqueira e caminhei como não fazia há tempos. Acho que é hora de retomar a vida, de deixar os poetas um tanto de lado.

Permita-me alguma intimidade confessional, pois já começo a considerá-lo um amigo. A pós-depressão não é fácil e tenho pensado em passar uma breve temporada na Europa. Vou em busca da neve, o verão aqui é insuportável para mim, parece que sou consanguínea da Bella Akhmadúlina.

Há tristeza demais em meu coração para tanto sol. Sou uma mulher de clima temperado, preciso das quatro estações definidas... Mesmo assim, deixei-me tomar por esses raios cancerígenos, afinal eles devem fazer menos mal do que os prozacs e similares.

Às vezes, também me deixo envenenar pelos chocolates. Devoro caixas inteiras. Sigo a fundo os conselhos do Fernando Pessoa: "Come chocolates pequena; come chocolates...". Agora mesmo, enquanto lhe escrevo, namoro uma Godiva com corações recheados.

Na falta da poesia ou do poeta, vou gastando a minha ansiedade com chocolates. Mas o meu organismo não me permite engordar. Queimo tudo como se tivesse em mim um vulcão. Para mim, cai como uma luva o ditado "magra de ruim".

De uma forma impulsiva, pensei como seria bom tê-lo comigo nesta viagem. Não vá me considerar vulgar, nem que esteja cortejando-o. Mas acho que também seria bom para sua poesia um pouco de frio.

Poderíamos tomar chás e cafés e falar pessoalmente sobre os seus pares. Caminhar, sem medo de assaltos, naquelas ruas antigas. Gosto de ver ruínas! Como se fosse arqueóloga, saber que estou numa cidade sobre outra cidade e, quem sabe, seguindo a Ilíada, encontrar, na Turquia, os destroços de Tróia.

Eu queria levá-lo à Grécia e à Croácia, considero os países mais belos da Europa. O Mar Mediterrâneo com suas ilhas idílicas. Gostaria de ter uma só para mim. Batizaria de *Charneca em Flor*. E nela, para além dos jardins, faria uma biblioteca com livros de poemas de todos os idiomas do mundo.

E claro que você tem de ir a Paris, escrever alguma coisa lá. Depois de Baudelaire, todo poeta moderno precisa ir a Paris. Sentar na esplanada do Café de Flore, fumar e fazer poesia. Eu te deixaria sozinho nessa hora, iria comprar perfumes e bijuterias na *Champs-Élysées,* coisas de que as mulheres gostam, pois julgo que a poesia é algo solitário e não se faz sob olhos atentos, curiosos.

Nesse sentido, a poesia é superior às artes plásticas, em que o artista labora em público na frente do Louvre e fica a pintar com todos os olhos a examiná-lo. A poesia, não! Por mais que pensemos que ele está escrevendo um poema, não é possível ver a sua escrita, pois na verdade é um processo interior. Apenas o poeta vê o nascimento do poema.

Desculpe-me o desvario, mas é que num mundo tão materializado, quando encontramos alguém para falar, é quase tão importante ou mais do que descobrirmos um grande poema ao acaso, como eu fiz com os seus na Guarany.

Neste caso, intrigou-me uma imagem de seu livro, quando você diz que quase não precisa de nada: "Para viver, bastam-me poucas coisas, / um caderno em branco/ um lugar no Café Silêncio / um quarto com alguma higiene /em uma cidade qualquer/ Durban, Lisboa, Recife..."

Eu preciso de tanta coisa! Suponho então que, diferente de mim, você é feliz.

Sem mais,
Isabel.

Recife, 27 de novembro de 1997

Se é real a luz branca
desta lâmpada, real
a mão que escreve, são reais
os olhos que olham o escrito?

Duma palavra à outra
o que digo desvanece-se.
Sei que estou vivo
entre dois parênteses.

Afonso,

Tenho talentos que você desconhece e que, às vezes, eu mesma me esqueço. Todos estiveram fora, e tive a feliz ideia de dispensar os empregados. Queria ficar sozinha. Escutar meus discos de vinil em paz, de portas abertas ouvir *Tristan und Isolde.*

Esta lenda medieval é a mais bela história de amor cortês da literatura. Foi o mar que levou Tristão até as mãos de sua benfeitora, a princesa Isolda. Ela que conhecia todos os venenos e com suas ervas mágicas pôde restabelecer-lhe a saúde, mas não pôde gozar de seu amor em paz. Por que vocês, poetas, fazem tantas maldades com os amantes? Serão sádicos?

Depois, enquanto revirava as gavetas, apeteceu-me comer algo diferente, quis cozinhar, inventar um pouco, e fui ao mercado de São José comprar algumas coisas. Gosto de andar e de me perder pelas ruas do centro. Adoro ir à feira livre e sentir o festival de odores. Tenho um olfato de perfumista, um Farina.

Comprei tudo o que havia de tempero e especiarias: gengibre, pimenta, açafrão, noz-moscada, salsa, cravo, canela, anis-estrelado, mostarda, caril..., enfim, tudo o que levou os nossos ancestrais às viagens épicas ao oriente. Queria ter à mão para, como Isolda, fazer as minhas poções. Foi a minha vó que me ensinou a fazer feitiços.

Ela é a lembrança mais doce que tenho da família. Uma árvore grande e frondosa como Hera. Gostava de ficar à sua volta aproveitando da sua sombra. Ficaria ali a vida inteira. Linda! Pintava-se para ir para a cozinha. Lembro-me tanto dela cozinhando no sobrado velho da Rua da União.

Conhecia não só da culinária tradicional portuguesa, mas da nossa pernambucana. Doces conventuais, sopas, *consommés* divinos, assados. Mas eram os seus licores a especialidade da casa. Também gostava muito de fazer pães. Havia tanta cor e beleza em nossa mesa, parecia uma tela de Arcimboldo. Às vezes dava-me pena comer e destruir tudo aquilo.

A culinária é a maior das artes, mas como tem algum sentido prático não entra no rol das *beaux-arts*. Intrigante esta linha da história da arte que tenta defini-la como algo que não tem qualquer utilidade. Pensando bem, só assim a poesia estará a salvo!

A cozinha, como a poesia, tem algo de alquimia, de pôr as coisas na medida certa para criar outras. Não é o próprio Octavio Paz que relaciona o ato poético com a magia? Só um poeta mexicano para dizer estas palavras encantatórias.

Discordo quando dizem que os homens cozinhem melhor do que as mulheres: há um machismo quando se fala em alta gastronomia! Nem mesmo Carême fazia bruxedo e poesia na mesa como a minha vó. Mas as mulheres não são chefs, nem publicam suas receitas. As mulheres não fazem negócios, cozinham e escrevem por amor.

Hoje cozinhei para mim mesma. E pus a mesa como se recebesse convidados. Como se estivesse num salão esperando artistas: poetas, músicos, romancistas. Eles não vieram, mas não fiquei triste por isso. Sempre brinquei sozinha! Inventei que estavam todos ao meu lado, que era a própria Gertrude Stein a receber Picasso, Matisse, Braque, Apollinaire e Hemingway...

Isabel.

Recife, 1 de dezembro de 1997

Afonso,

Toda a minha sessão de terapia de hoje foi dedicada a você! Falei tanto de poesia ao meu psicanalista. Esqueci-me por completo da minha mãe! Acho que desisti de vez de pensar que fui adotada ou que ela, assim como nas fábulas, é a minha madrasta. Não tenho como fugir, sou a sua cara cuspida.

Também não quis saber ou falar das doutrinas psicanalíticas, das minhas neuroses e psicoses. Desde pequena, disseram-me tantas vezes que sou bipolar que eu já não saberia não sê-lo. Ou seja, vou do céu ao inferno de elevador expresso e vice-versa.

Procurei ver isto como uma distinção. Isto a que chamam de instabilidade no humor! Mas eu lia tanto Freud só para desconstruir a minha antiga terapeuta. Perguntava se ela conhecia Joyce ou se só sabia aqueles complexos da mitologia decorados.

Hoje, não! Só falei de poesia. Disse-lhe que queria me envolver com um cara pobre como Jó. Com um professor, um poeta. Expliquei-lhe o que era um poeta: "alguém que faz com a linguagem algo superior." E contei-lhe também, como se eu mesma fosse eleita, que é uma questão espiritual ser poeta hoje. É como ser o "sal da terra".

Estes psiquiatras todos deveriam ler Fernando Pessoa, com o seu transtorno de personalidade múltipla, para saberem quão plurais nós somos. Não há nada mais normal do que a ansiedade, nada mais criativo do que a melancolia.

E sei que foram tantos os escritores ensandecidos, os poetas bipolares: Philip K. Dick; Franz Kafka, Virginia Woolf, Liev Tolstoy, Sylvia Plath, Richard Brautigan, Charlotte Stieglitz, Gérard de Nerval, Mário de Sá-Carneiro, Vladimir Maiakovski, Florbela Espanca! Todos sofreram de alguma enfermidade mental. A própria Safo cometeu suicídio. Se estes gênios eram insanos, por que eu, uma simples usufruidora, não posso ter meus *ups and downs*?

Mas, calma, não precisa que sejas assim. Alguns poetas mantiveram o equilíbrio e nem por isso foram menores. Tiveram filhos e cuidaram das suas casas. Trabalharam como operários e, à noite, sob o descanso das lamparinas, depois da janta, escreveram os seus poemas, longe, bem longe das ribaltas.

Prefiro até que sejas assim. Deixa que eu viva na poesia que escreves. Não foi assim que sugeriu o Fernando Pessoa? "Sentir, sinta quem lê!" Hei de sacrificar-me com prazer. Hei de viver os incestos e amores impossíveis de todos os eu-líricos. Hei de ter a solenidade dos campos gregos e a mística de nossas florestas tropicais. Hei de consumir ópio no oriente e seguir na minha literatura de viagens até encontrar as paisagens sem gente!

Para a minha surpresa, o meu analista disse-me que estavas me fazendo bem. Que a escrita das cartas estava me dando uma rotina, uma motivação. O que é verdade! Às vezes, sento-me para escrever como se fosse eu mesma uma autora. Mas não poupes estas coisas que te escrevo, elas não têm valor algum!

Disse-me ainda que deveria conhecê-lo, coisa que eu já estava resoluta a fazer. Que seria bom aventurar-me um pouco, mas que não tivesse grandes expectativas. Que a vida é melhor do que a literatura!

Será que ele tem razão, Afonso, e a vida é mesmo melhor do que a Literatura? Não me parece, trocaria, sem pestanejar, a minha existência pela de Molly Bloom.

Como vês, já não és um segredo. Já sabem da tua existência. Assim, convenço-me de que realmente existes, que não és uma invenção minha para dar à minha própria existência algum sentido.

Da tua ledora Isabel.

Recife, 13 de dezembro de 1997

Cara Senhora Isabel de Mello,

Saber que escrever para mim está lhe fazendo bem é um alento. As suas letras são, de longe, o ponto alto dos meus dias. Espero por elas com mais ansiedade do que pelos meus próprios poemas.

Confesso que fiquei um pouco vaidoso por saber que pensa em mim ao ponto de falar ao seu analista. Agradeço a confiança, farei de tudo para não a decepcionar.

Quanto às suas viagens, você fala assim com tanta intimidade destes países que pude acompanhá-la pelas imagens. Por enquanto, tudo que sei do velho mundo me chegou pela literatura. Quem sabe, um dia, possa também eu passar por estas ruas, monumentos, rios e avenidas que já conheço pela arte: *Montmartre,* Mondego, *Partenon...*

Sabe que, *às* vezes, até sonho em refazer os caminhos de certos poetas? Em sentar nos mesmos cafés, em ver as paisagens que inspiraram alguns dos melhores poemas do mundo. Mas, por enquanto, não me é possível. Dois fatores me impedem. As disciplinas que pago no doutorado de Literatura e, desculpe a franqueza, a minha falta de recursos. Um dia, quando for professor de uma Universidade, quem sabe eu possa me dar a esse hedonismo!

Respondendo a sua pergunta, quando escrevo, não falo só por mim, tomo imagens por empréstimo. De outros livros, das pessoas que parecem desinteressantes, mas que são poemas andantes. É possível que eu siga uma tradição do poeta lírico moderno que se inicia na língua portuguesa com Fernando Pessoa. No poema em que usei a biografia do Fernando Pessoa, estava falando de mim mesmo. Como você já percebeu, minha poesia é autobiográfica. Mesmo quando estou encarnando outros poetas.

Ainda com relação à materialidade das coisas, tenho um sentimento que pode causar estranheza. Às vezes tenho medo de ficar rico ou célebre e, de repente, perder esta angústia poética que me leva adiante, até ao poema. Não saberia passar sem isso. Como poderia passar sem esta angústia que me forja a palavra? Não saberia viver sem esta melancolia que me chega, como um trem, todas as tardes. Acostumei-me a isto.

Paguei todos os meus livros. Desde o meu primeiro exemplar de xerox, até este último mais esmerado, de que você tem dois exemplares, tudo foi patrocinado com as minhas aulas. Sinto alguma frustração por isso, por não ter um editor e um público. Penso em desistir, mas é algo compulsivo. A arte é um vício maior do que qualquer outro. É um delírio.

Mas quero reafirmar que tudo valeu a pena. Só pelo fato de existir no mundo uma única leitora.

Desejo-lhe melhoras e que tudo corra bem nesta viagem.

Afonso.

Recife, 19 de dezembro de 1997

Caro Afonso,

Muitas vezes escrevi cartas para mim mesma. Selava, botava no correio e ficava esperando a hora de chegarem para abrir. Sempre as destruía depois. Não queria partilhar as minhas veleidades. Agora sinto novamente aquele friozinho na barriga esperando as tuas.

Poeta, não quero mais etiquetas entre nós, nada da cortesia, reverência dos pronomes de tratamento entre duas pessoas tão afins. Além do mais, sinto-me mais velha com tanta cerimônia.

Aceito a tua recusa em acompanhar-me nesta viagem, uma desconhecida, apenas pelo primeiro motivo. Ou seja, pelas disciplinas do doutorado. Sei que serás um acadêmico brilhante e não quero atrapalhar o teu percurso, acompanhando uma diletante da vida. Alguém que nunca levou nada a cabo.

Quanto ao segundo pretexto, para mim é irrelevante. Tenho dinheiro suficiente para passarmos o resto de nossas vidas na Europa (pelo menos da minha, que acho vai ser breve) e não me custaria nada financiar a tua ida comigo. Digamos que eu seria o teu Mecenas...

Aliás, despertaste-me para alguma coisa que nunca fiz antes. Vou financiar a poesia! Vou criar um prêmio literário. Prêmio Isabel de Mello. Que acha? Não teria graça? Tu ganharias todos!

Desculpe-me, é que às vezes consigo rir na tragédia. Todos dizem que, se eu não fosse quem sou, eu seria a melhor pessoa do mundo. Tenho tudo, mas estrago. Eu, sim, diferentemente de você, sou destrutiva e a minha família é testemunha disto.

No mais, pude perceber em ti muita dignidade em financiar os teus livros. Grandes poetas já fizeram isto e não vejo nesta atitude nenhum desabono, ao contrário. O próprio Walt Whitman, o grande poeta da América, o inventor do verso livre, que mudou a própria poesia, teve de pagar pelos seus poemas.

Sabe, quisera eu financiar os meus, mas não tenho nada para dizer... Vocês me roubaram as palavras. Tudo que eu penso na vida já existe em algum poema. Por exemplo, para "sinto-me angustiada e presa", não é melhor dizer "A minha dor é um convento ideal – Cheio de claustros, sombras, arcarias".

Não, vocês já disseram tudo e a minha alma clama por originalidade. Assim, permanecerei muda, uma leitora.

De qualquer forma, ficarei em contato durante estes breves dias na Europa.

Já com saudades,
Isabel.

Francisco,

Você nem vai acreditar! Sabe daquela minha obstinação em saber quem se interessa por poesia ainda hoje, ou melhor, quem estava comprando os meus livros na Guarany? Descobri um dos meus leitores: ninguém menos do que a Senhora Isabel de Mello. E tem mais, estou me correspondendo com ela. Você precisa ver aquelas cartas. Que sensibilidade literária! A letra é de copista, o papel e o envelope de colecionador. Nem acredito, parece que estou conversando com uma Mme de Staël do Recife.

Essa gente tradicional gosta de arte! Mas não sei quase nada sobre ela. Nem que cultuava poesia. Uma coisa me preocupou, ela fala muito em tristeza, em melancolia. E não é nestas doses medidas que eu também cultuo para fazer meus versos. São mergulhos profundos, como se vivesse em apneia. Deixou nas entrelinhas uma poética suicida

Mas não se preocupe, amigo, não é agora que o seu amigo vai sair da solteirice. O nosso encontro foi de almas. Temos idades e mundos diferentes. O importante, para mim, é saber que, pelo menos uma pessoa na vida, fora você, se interessou pela minha poesia. E, sabendo que é uma pessoa daquele estatuto, é como se tivesse ganhado o meu Nobel...

Você já não é exclusivo, meu caro, já não tenho um leitor único.

E o melhor: ela vai para a Europa e disse-me que seria bom a minha companhia para lermos poesia nos cafés! Que isso faria bem à minha poesia... Claro que foi só uma gentileza. Mas uma coisa eu te digo: deixaria tudo para fazer companhia a uma senhora daquelas, mesmo que fosse apenas para recitar poemas para ela.

Que romântico sou eu amigo? Estou me sentindo o próprio Werther, só que a minha Charlotte é ainda mais inacessível.

Abraço,
Afonso.

Sintra, 23 de janeiro de 1998.

Meu caro Afonso,

Peço desculpas por me ter silenciado no Natal. Esta é a época mais simbólica do ano, nunca é fácil para mim. Como sempre, costumo fazer um inventário da vida, e dói quando percebo que nada realizei. Meu corpo, como medida protetora, parece que entra em hibernação, fica em total inatividade e gasta o mínimo de energia. Mal respiro, não tive força para escrever-lhe.

Aos poucos, fui retomando a rotina, se é que o nada e a leitura desordenada de poesia podem ser chamadas de rotina. Depois me ocupei com as coisas e os papéis para a viagem. Sempre saio como se não fosse voltar.

Para mim, organizar uma simples *nécessaire* deve ser mais difícil do que para você fazer um poema: ponho, tiro, conto, mudo de lugar e nunca fico satisfeita. É mais fácil calçar os pés do hexâmetro datílico do que os meus dedinhos.

Resolvi começar este passeio por Portugal. Não há aqui a neve de que preciso, mas é sempre um começo. De todas as cidades lusitanas, nenhuma me encanta mais do que Sintra, onde estou na casa de uns amigos da família. Entre ruínas do mundo mouro e do ocidente, não me sinto estrangeira.

Gosto, sobretudo, do Palácio da Pena, do seu romantismo. Gostaria de ter nascido uma árvore em seu jardim. Imagine que, uma vez, me perdi dos turistas no Parque!

Anoiteceu e fiquei sozinha, mas não tive medo: a beleza estava comigo. Aproveitei cada minuto daquele idílio, como quando menina no engenho em Nazaré da Mata. Tirei os sapatos e andei a esmo até encontrar o lago. Pus os meus pés naquela água gélida e tive pensamentos bons. Fiquei toda eriçada e parecia que me conectava com a poesia. Depois, um duende me guiou até à entrada principal.

Acho-o ainda mais belo do que o *Versailles*! Dizem que o próprio Strauss, que já conhecia todas as maravilhas de Itália, Grécia e Egito, não se conteve com tamanho encanto, a ponto de proferir "Hoje é o dia mais feliz da minha vida."

Sabe que Lord Byron já escreveu por aqui alguns dos seus versos? Este, eu sei de cor: "*She walks in beauty, like the night / Of cloudless climes and starry skies; / And all that's best of dark and bright / Meet in her aspect and her eyes; / Thus mellowed to that tender light / Which heaven to gaudy day denies*".[1] Belo, não é?

Os meus anfitriões são adoráveis! Estão sempre me perguntando o que preciso, se estou bem! Não conte para ninguém, mas vou fugir um pouco deste refúgio divinal. Sem levar malas, para não causar suspeita, vou a Lisboa, por lá ficarei algum tempo.

Ah, não posso me esquecer de te dizer, trouxe o teu livro comigo! Ele agora é de estimação, como os gatos para os poetas. Neruda, Borges, Eliot, todos eles fizeram poemas para os gatos. Você já fez algum? Ou só fala sobre a tristeza humana?

1. "Caminha como a noite, bela, / De anúbios climas, de ástreos céus; / Melhor de treva e brilho, nela, / Unem-se no rosto e olhos seus: / Mescla-te à terna luz, donzela, / Que o dia fútil deixa ao léu." Lord Byron, *She walks in beauty*, tradução Alexei Gonçalves de Oliveira.

Vou relê-lo aqui outras vezes. A poesia lírica, assim como as canções, tem algo de bom: podemos tê-las no bolso como os comprimidos. Assim, eu mesma me prescrevi um poema seu de 8 em 8 horas.

Nos alfarrabistas lisboetas, quero comprar alguma coisa rara e postar para você. Da última vez que estive lá, vi, num leilão, uma edição original da Orpheu. Se ainda estiver à disposição, compro e envio-te.

Não te preocupes com o valor, nada disso me importa. Não posso mais ser interditada como tentaram fazer com Baudelaire que, aos 20 anos, gastava sua fortuna com as prostitutas de Paris. Sou uma garota exemplar, gasto o meu dinheiro que não trabalhei para ganhar com o que me apetecer, e creio que um poeta como você precise de mimos para escrever.

Ao lado da carta, segue este postal do lago da Pena, onde banhei os meus pés. Que pena não haver um poeta para lambê-los depois.

Beijos com açúcar nos lábios,
Isabel.

Recife, 20 de fevereiro de 1998

Caríssima Sra. Isabel,

Não se preocupe com esses presentes. Fico feliz que você esteja bem e isso é tudo. Achei muito saudável esta sua "fuga" para Lisboa. Por enquanto, as minhas têm sido literárias, mas planejo alguma coisa maior.

Sabe, Isabel, sinto nossa correspondência como uma brisa num entardecer. Ou, como diria Ezra Pound, uma brisa de abril que você se sente feliz quando encontra. Nunca, nunca antes, tive com alguém esta cumplicidade. Começo a achar que "a poesia existe agora nos livros não escritos, não impressos". Mas, por alguma razão, os nossos destinos tão opostos se encontraram na literatura.

O seu mundo é o dos grandes escritores. Eu nada posso lhe oferecer, nem mesmo o que tenho de melhor, a minha poesia, corresponde a você. De qualquer forma, aceite a minha amizade.

Aproveite cada momento em Lisboa e coma todos os chocolates que puder.

Abraços,
Afonso.

Lisboa, 17 de abril de 1998

Afonso,

Eu me derreto toda para você, e o que você vê em mim é uma pessoa elevada, e manda-me comer chocolates como se eu fosse a própria menina da tabacaria? Gostou da minha alma! O que sabe você dela? O que você sabe da minha existência, a não ser algumas míseras palavras?

O que você sabe das minhas perversões? Fui uma menina má, muito má. Derramei a xícara sobre a mesa e tingi de café a toalha. A toalha branca que tinha sido passada e engomada pela empregada. Cortei os cabelos das minhas bonecas para não serem mais bonitas do que eu, mesmo aquela que era um anjo! Escondia as joias da minha mãe e dava as minhas prendas às meninas da rua. Sobretudo, gostava de brincar comigo mesma e tinha sonhos tão ruins! Nunca escolhi os meus sonhos. Portei-me mal e recebi os meus castigos. E os castigos machucam mais do que as palmadas. Trocaria um só castigo da minha mãe pelas mãos pesadas do meu pai.

Sabe os quadros da Paula Rego? Aquelas crianças com cabeças e membros enormes foram inspiradas em mim.

Foda-se, Afonso, eu não quero ser sacralizada. Não estou esperando nenhuma brisa de abril, nem quero que façam poemas para mim como para aquelas musas gregas. Eu tenho carne, ainda que às vezes eu mesma me esqueça, como se fosse feita só de palavras. Não saí de um poema perfeito, como a Beatriz.

Há em mim versos quebrados, palavras que não encontram suas rimas e vivem sozinhas dentro de um dicionário cheio de outras palavras.

Sabe o que desejo? Um amor com cenas de ciúmes, escândalos e duelos de morte. E você, Afonso, o que faria minha criança? Um poema? Eu já tenho muitos, tenho todos os poemas do mundo e, no meu poliglotismo, eu posso ler nos originais poetas melhores do que você. Aposto que você nem sabe o que significa "*Du liebes Kind, komm, geh mit mir! – Gar schöne Spiele spiel' ich mit dir; – Manch' bunte Blumen sind an dem Strand,- Meine Mutter hat manch gülden Gewand*".[1]

Foda-se, Afonso.
Isabel.

1. "Ó bela criança, pois vem, vem comigo! /Jogos de todo adoráveis brincarei contigo; / Coloridas flores aos montes estão na praia, / Minha mãe tem vestes douradas e és cobaia." Wolfgang von Goethe, Erlkönig, tradução Ericson Willians.

Lisboa, 20 de abril de 1998

Afonso,

Esqueça aquela última carta. Jogue-a fora, se ainda a tiver. Meu pobre poeta, não quero que guarde de mim nada que o magoe. Se só existimos na literatura, não seria mais justo marcarmos alguns versos ou capítulos felizes e termos, apenas ali, a nossa existência?

Maria Eduarda da Maia seria tão feliz se não descobrisse a verdade. Não teria culpa, apenas o amor consanguíneo... Às vezes, é melhor deixar o livro na metade.

Naquele dia em que lhe escrevi tantos disparates, tinha exagerado no vinho. É que havia muita beleza em volta, num fim de tarde de primavera em Belém, às margens do Tejo, e eu me perguntei por que estava só. Fiquei tão estimulada que, quando vi, tinha entornado a garrafa inteira de vintage do Porto.

E ainda briguei no hotel por causa de uma simples mancha em meu lençol, como se a minha vida inteira não estivesse borrada, não fosse uma nódoa só. Devia ser a TPM! Fico numa irritabilidade que ninguém me aguenta. Você parece que não sabe bem o que é isso. As musas não menstruam, não é?

Na sua carta, você falou-me em encontros de almas. Eu só conheço o desencontro, a perda. Então, agredi por sentir esta dependência de alguém que nem conheço. Na verdade, eu estava antecipando uma perda futura. Não é assim que fazem os poetas?

Não venha me dizer que estes poetas prodígios falam do seu passado. O que Rimbaud, Álvares de Azevedo ou Castro Alves tiveram no passado? É a dor de um futuro não realizado que choram os poetas, não o seu passado. Por isso, penso eu, quando chegam a velhos, escrevem romances. Você pensa em ser romancista também, um dia, Afonso? Muitos poetas que tiveram a sorte ou o azar de envelhecer viraram romancistas.

Não leve a sério aquilo que eu disse. Ao contrário, já li muitos poetas e você tem suas virtudes. As suas imagens continuam me surpreendendo. E olhe que eu já procurei por tudo nesta vida e nas outras. Conheço as maiores bibliotecas do mundo, até a da Academia Russa de Ciências em São Petersburgo, localizada ao longo do Neva, quando inventei de estudar os poetas russos.

Mas nem só de poesia vive a mulher, Afonso. Às vezes, os versos não bastam, as metáforas não bastam. Você já pensou nisso? Já viu que a caneta que faz verso é um objeto fálico. Acho que sim, pois sinto alguma sensibilidade feminina na sua poesia.

Hoje, mais do que os teus poemas, preciso do teu corpo. Das tuas mãos, que devem ter alguma outra utilidade que não só fazer versos e procurar por palavras bizarras nos dicionários de rima.

Que saudade do tempo em que os poetas iam à guerra e raptavam as damas dos conventos... Hoje parecem tão efeminados. Por que você não vem me salvar, Afonso? Vem, meu cavaleiro, estou à espera. Sou a sua Hermengarda, a sua Dulcinéia...

Uma mulher tem mais mistério do que toda a poesia do mundo!

Beijos da tua Isabel.

Recife, 27 de maio de 1998

Cara Isabel,

Sinto-me desolado e imóvel. Não sei nem por que a Senhora me escreve! Deve haver no mundo almas refinadas como a sua com quem deva ter mais afinidades. É uma questão de eleição.

Escrevia para mim mesmo até conhecê-la e isto fazia todo o sentido. Agora, não mais. A sua existência força-me a outro nível de poesia que eu não sei se posso tirar de mim. Sinto angústia por isto! Comparo agora meus poemas não mais com os dos meus dois ou três colegas, mas com dos gênios da humanidade, e sinto-me tão frágil.

Quisera eu dar-lhe alguma coisa mesmo nova, maior do que os outros poetas. Sintetizar a neve de que precisa para não deixar o Recife. Assim, bastaria abrir os meus livros. Mas não posso! Ainda não sei fazer estes prodígios.

O que posso eu fazer? Mando esta carta agora para Sintra que, assim como Pasárgada, nem sei se existe, nem sei se chegará às suas mãos.

Se acha que posso fazer alguma coisa, dê-me a direção e eu irei. Não preciso nem fazer malas, não tenho o que levar, nem o que deixar.

Afonso.

Sintra, 7 de julho de 1998

Caro Afonso,

Estive ausente algum tempo, daí o meu silêncio. Eu já não estava em Lisboa e só agora voltei a Sintra, à casa de férias desses queridos amigos, aos quais só tenho a agradecer tantos mimos e paparicos. Chamam-me de miúda! Já pensou? Assim vão estragar a minha má educação! Portanto, só agora vi a sua carta que muito me emocionou.

Senti-me um pouco malvada porque pude ver em você ainda uma nesga de ingenuidade. Não pisarei nunca mais no seu coração, Afonso, e, se o fizer, prometo que terei os pés cobertos de veludo.

Fui a Paris e fiquei alguns dias no Ritz! Se é para gastar o meu vil metal, sozinha e em pouco tempo, que ao menos tenha alguma elegância. Enquanto fugia de mim mesma e tomava chás em seus jardins, indaguei-me quantos poetas já viveram em hotéis. Quantos escreveram suas obras e passaram parte de suas vidas entre estas paredes impessoais. Talvez funcione para a criação estética, mas acho que não havia um só da espécie por lá nesta temporada.

Entre os hóspedes, nenhum tinha cara de poeta. Quero dizer, alma! Podiam ser empresários, executivos, ou mesmo celebridades, mas nenhum era poeta. Tenho certeza. As línguas aqui falavam de tudo, negócios, viagens, futilidades, menos de poesia.

Nada dos escritores que aqui moraram um dia. Nada de F. Scott Fitzgerald, Ernest Hemingway ou Marcel Proust em seu *hall*. Que decepção. Fiz o check-out e saí tão muda quanto todos os seus lustres.

No meu ócio, tive o medo repentino de que você parasse de me escrever. Medo bobo, sem propósitos! Por isso fiquei feliz ao ver a sua carta com aquela letra rabiscada. Sua mãe não o pôs para fazer caligrafia?

Parece que, como os personagens finisseculares que tentei encontrar em vão no Pigalle, continuo atrelada a este gênero decadente. Os gêneros morrem e também são abandonados, assim como as pessoas. Quantos gêneros da arte não chegaram aos nossos dias? É uma pena, não é! Por que penso tanto na finitude e fragilidade da vida?

De antemão, vou avisando: não quero falar com você por e-mails. Não tem poesia nenhuma para nós, bichos epistolares.

Toda carta, Afonso, contém um segredo e, em verdade, como num rito, deveria ser queimada após sua leitura. Não gosto quando publicam as correspondências dos escritores. Acho uma verdadeira invasão. Eu, por exemplo, sei coisas sobre o Fernando Pessoa que julgo desnecessárias. O que me importa saber de suas idiossincrasias?

Uma coisa chata desses pesquisadores é quererem devassar a vida do poeta, entrar nas gavetas dos autores como as traças.

Quanto a sua carta, fico agradecida pela sua disposição em ajudar-me. Desculpe-me por provocá-lo, deixá-lo inquieto. Pude perceber a sua excitação. Não foi correto da minha parte. Não devemos fazer estas coisas com as pessoas de quem gostamos, muito menos com as pessoas que gostam de nós. Contraditoriamente, só com elas podemos fazê-lo.

Mudando de assunto, acho que não vou mais continuar este passeio pelo Velho Mundo. A minha família convenceu-me a voltar para o Recife e continuar o tratamento. Eles têm esperança em mim.

Mais do que isso, preciso ser sincera com você: vou casar-me com um primo. Manterei a tradição dos casamentos consanguíneos que asseguram os direitos hereditários de uma família nobre. Assim, ficará tudo em casa: dinheiro, heranças e doenças da alma. Este é o meu legado.

Não sei o que me aguarda, mas algum novo passo eu tinha que seguir. Sinto se o decepcionei, se não insisti em encontrá-lo, afinal eu nada conheço de você, apenas que é poeta e tem um coração nobre. Não sei, em verdade, se o desejo, ou apenas a sua poesia. Nosso encontro poderia ser um desastre.

Mesmo sem ser o meu desejo, você fica à vontade para não me escrever. Eu continuarei a ser sua leitora e, quando tiver um livro novo, por favor, me avise, darei um jeito de adquiri-lo.

Isabel de Mello.

Recife, 11 de outubro de 1998

Caro Afonso,

Senti saudades e resolvi lhe escrever. Não precisa responder, se não quiser. Saberei respeitar o seu silêncio.

Sabe que fui proibida pelos médicos de ler, você acredita? Acham que a literatura me excita demais. Serei eu uma nova Ema Bovary? Perder-me-ei pelas leituras dos folhetins? Será a poesia o motivo do meu desvario?

Recomendaram-me coisas práticas. Você nem acredita, mas andei metida em negócios de família que vão até à criação de Mangalarga. Agora, sou novamente uma amazona e gosto de andar pelas plantações do engenho. Tenho ido sempre aos finais de semana, como sempre fazia na infância.

Ele anda tão mudado. Conhecia cada espaço de cor! Havia uma árvore que era a minha predileta. Uma Baobá muito antiga. Chamava-a de Hera. Não sei por que, eu achava que ela era a mãe de todas as outras, que todas as árvores do engenho descendiam dela e a ela deviam obediência. Ela era gorda! Parecia que estava grávida. Durante os anos em que estive longe daqui, disseram-me que ela morreu. Coisa que nunca acreditei, pois acho que a destruíram para me machucar. Sem ela, o engenho me parece uma terra desolada.

Voltando ao Recife, um dia destes, saí às escondidas com o Luís, o motorista que continua comigo, e fomos, adivinha aonde? Isso mesmo, à Guarany. Aquela pequena livraria sempre foi a minha predileta. Quando saía do Nóbrega, ia sempre lá. Já tive o sonho egoísta de comprá-la só para mim. De possuir todas aquelas estantes de madeira. Foi lá que eu conheci você, ou a sua poesia.

Meu Afonso, a minha vida mudou por completo e não sei até quando posso equilibrar-me. Gosto do Pedro, mas acho que nos equivocamos. Ele também não me ama e desconfio que tenha suas amantes. Não o culpo, às vezes, eu sou tão fria, repudio os seus desejos.

Infringindo as ordens do meu médico, acordei com a Sylvia Plath: "Como é frágil o coração humano —/ espelhado poço de pensamentos. / Tão profundo e trêmulo instrumento/ de vidro, que canta ou chora..."

Sabe que as pessoas sempre me disseram que eu parecia com ela. Você a acha bonita? Sente atração por aquele tipo de mulher? Sente desejo por ela? Namoraria com a Sylvia Plath?

Tenho agora os cabelos curtos. Eu mesmo os corto, nunca mais deixei ninguém tocá-los. Aliás, o meu corpo é um violino mudo. Tem a tensão das cordas ao máximo, mas não se ouve uma nota.

Não sei se você é bom de datas, mas faz um ano que você me escreveu a primeira carta. Soprei velinhas no meu quarto. Fiquei feliz, mas imaginei que foi mais um ano de desperdício.

Afonso, eu não sou nada, não sou poeta e não sou musa. Sou apenas uma leitora. Quem se lembrará de uma leitora? Você conhece alguma pessoa que ficou célebre por ler poesia? Eu não existo.

Da tua agridoce,
Isabel.

Recife, 10 de novembro de 1998

Milagres
Ora, quem acha que um milagre é alguma coisa de especial?
Por mim, de nada sei que não sejam milagres:
ande eu pelas ruas de Manhattan,
ou erga a vista sobre os telhados na direção do céu,
ou pise com os pés descalços
bem na franja das águas pela praia,
ou fale durante o dia com uma pessoa a quem amo,
ou vá de noite para a cama com uma pessoa a quem amo.

Meu Tristão, já me perdoaste? Nunca tive dolo ou má-fé, e tenho todos os atenuantes das amantes passionais. Assim, mesmo que não me respondas, continuarei escrevendo as minhas cartas...

Como resgate, presenteio-te hoje com um poeta que admiro muito: Walt Whitman. Queria acordar-te todos os dias com um poema! Deves conhecê-lo bem! Sei que era o poeta da predileção do Fernando Pessoa, desde o tempo em que morou em África e teve sua formação literária em língua inglesa. Aliás, conheci-o através da *Saudação a Walt Whitman*. Que poema gigante! Como ele fazia aquilo num Portugal tão provincial? Como ele chutava as portas naquele corpo tão frágil!

Fernando Pessoa fala ali em uma irmandade, sendo o autor de *Leaves of Grass* seu irmão em universo. Seu irmão em alma!

Que imagem linda! Que sensibilidade têm estes homens, estes gênios! Assim como um Federico Garcia Lorca. Casaria eu com eles, nem que fosse só para andar "de mãos dadas", pelo *Brooklyn* ou pela Rua do Ouro. Seria imensamente feliz. Acho que foi isto que eu sempre quis, andar de mãos dadas. Só não achei ainda com quem. Então me agarro aos poetas, mas é como se me segurasse na própria tempestade!

E tu, Afonso, a que irmandade pertences? Não queres andar de mãos dadas comigo por estas ilhas sórdidas do Recife? Se perder por estes becos sujos e mal iluminados? Não tenhas medo, não sou como George Sand, que prova os artistas, como fez com Alfred de Musset e Frédéric Chopin.

Eu nada hei de cobrar-te. Eu só quero um pouco de beleza. Andar com alguém que, mesmo contido, seja irmão de Pessoa, de Walt Whitman. "*A woman waits for me – she contains all, nothing is lacking, Yet all were lacking, if sex were lacking, or if the moisture of the right man were lacking.*"[1]

Sei que todo grande poeta é uma legião e que em ti devem habitar muitos outros como o prodigioso Alexandre Search, uma espécie de demônio da poesia de Fernando Pessoa. Quanto a mim, às vezes temo ser tão invisível quanto o Alexandre Search. Por que tu também não poderias inventar os teus próprios leitores?

Mas fala-me mais dos teus irmãos. Faz-me o teu cânone. Se alguém te perguntasse quais os maiores poetas, o que tu dirias?

1. "Uma mulher espera por mim, ela tudo contém, nada falta, no entanto, tudo ficou faltando se o sexo faltou, ou se o orvalho do varão certo estivesse faltando." Walt Whitman, *A woman waits for me*, tradução Rodrigo Garcia Lopes.

A quem te filias? A quem queres superar ou igualar-te? O que, no futuro, falarão de ti? Ao lado de quem te sentarão? Já pensaste nisto? Ou de nada te importa a eternidade?

Estou viva hoje, Afonso! É um milagre! Muitos milagres não se veem nem têm datas comemorativas! Vamos então a *Manhattan* ou não vamos a *Manhattan*, mas fiquemos juntos assim como Pessoa e Walt Whitman: "Sou dos teus, tu bem sabes, e compreendo-te e amo-te".

Da tua cara-metade perdida,
Maria Isabel de Mello.

Recife, 5 de janeiro de 1999

Caro Afonso,

Como foi a sua noite de réveillon? Eu fiquei sozinha em casa, mas não quis dormir cedo. Estava cheia de atavismo, enquanto ouvia *Clair de Lune*, via as minhas fotografias de menina. Gosto mais daquelas em preto e branco, hoje meio amareladas.

A fotografia é, para mim, uma coisa mágica, desde o nome, que significa desenhar com luz. Discordo plenamente de quem acha que a fotografia não é arte e não está no mesmo nível da poesia ou da pintura. Não é só apertar um botão, é o olhar que está por detrás dele.

Na minha predileta, estou com o meu pai no balanço. Ao ver a foto, sinto-me a moça do trapézio sem redes que vi no circo no Cais do Apolo. Ele me jogava forte como se confiasse em mim. Talvez achasse mesmo que eu iria longe... Pobre papai!

Os fogos pirotécnicos interromperam a minha divagação. Abri um espumante e comi doze uvas passas. Depois adormeci como se protagonizasse "O sono que desce sobre mim".

Sinto-me orgulhosa por você estar concluindo o seu doutoramento. Acho a sua posição muito digna. Quisera eu também ser uma orientadora de teses. Acho que eu iria desvirtuar a academia. Só iria ter orientações que falassem do desejo feminino. De Safo a *Cartas Portuguesas*. De George Sand a Simone de Beauvoir, passando pela minha alma irmã Florbela, tudo que se relacionasse com ficção e poesia do desejo feminino. Iria fazer assim uma completa devassa no cânone ocidental. Não, Afonso, não iriam me querer entre os seus pares.

Está uma bela manhã de janeiro, meu bardo, e não li nenhum poema hoje. Não li nenhum poema este ano. Tenho preguiça de esticar as mãos até o criado mudo, onde descansa uma antologia de poetas russos. Não me deixei sair do leito. Do casulo. Desce-me o mel como se fora a própria abelha-rainha. Ah, Afonso, se você fosse um pouco mais aventureiro, convidava-te para um pequeno dolo. Um adultério. Toda a grande literatura sabe o que é isto!

Subirias com as tuas asas de cupido até o 23º andar e me encontrarias como no *L'Origine du monde* do Courbet. Sempre tive a vontade de posar para um grande artista. Sempre achei que são os modelos os imortalizados e não os artistas. Quem sabe quem fez a Vênus de Milo? Mas o rosto da sua modelo permanece. Sempre tive esta vontade de permanecer imóvel, pronta a eternizar-me no anonimato. Farias isto por mim, Afonso, em um dos teus poemas?

Sinto um pouco de falta disso na tua poesia, da lubricidade. Até Camões inventou a Ilha dos Amores depois da saga portuguesa para o Oriente. Por que não podes entregar-te ao amor, Afonso? Tens medo das mulheres? Por que és solteiro? Estás a esperar-me, é isso? Para quem te guardas? Para Calíope? Ela não vem!

Posso pedir que nos tragam o café da manhã. De que gostas no teu *déjeuner?* Tenho aqui compotas de frutas vermelhas: framboesa e amora. Melhor do que ambrosia! Todos os deuses gostam, dizem que é bom para a saúde. Depois *croissant avec café* au *lait*. Só isso, bem leve: antes do amor e da poesia, nada de estômago pesado. Os franceses sabem disto, por isso eles fazem poesia melhor do que nós. Mas você há de superá-los, estarei ao seu lado.

Não sei ainda o que vem nesta tua nova safra que, não sei porquê, me escondes. Será que hei de rever-me em alguns dos teus poemas? Se houver alguém pálida e ensandecida como Ismália em sua torre a sonhar, serei eu. Se houver alguém de alma trágica como Ofélia, serei eu... Se houver alguém abandonada como Dido, também...

Lá fora há um sol tórrido de verão! Aqui é primavera. Tenho flores e frio em meu quarto. Falta-me o poeta.

Da, hoje, tua,
Isabel.

Recife, 1 de fevereiro de 1999

Cara Isabel de Mello,

A sua última carta tocou-me imensamente. Não pude deixar de relê-la como se quisesse encontrar outras leituras submersas. Escritas debaixo das escritas num grande palimpsesto. Quanta beleza para falar no fim das coisas. As imagens do Kundera são mesmo muito belas. De certa forma, o fim é mais bonito do que o início. Não é assim com o crepúsculo? O apogeu das coisas.

Você questionou sobre a possibilidade de a poesia não mais existir. Sartre gostava de dizer que o mundo podia passar sem a literatura. Aliás, este fim anunciado da literatura parece ser um tema de alguns dos principais escritores do início do século XXI. Tudo é tema para o poeta. Numa época sem heróis ou deuses, falamos de nós mesmos e das nossas desesperanças.

Eu acho que a poesia faz o caminho inverso e deseja retornar ao útero. Ela nasceu adulta e sábia demais com Orpheu e Homero. Sabia de tudo. Dos céus e dos infernos. Do amor e da guerra. E agora está desaprendendo. É a única salvação!

Mas não quero fugir ao assunto que me devora. Não quero fugir a esta inquietação que me avassala. Que me estremece.

Pelo que me escreve, estas convenções sociais desejam aprisioná-la. Devem esperar muito de si. Esta realeza pernambucana do açúcar! Nós, os plebeus, temos uma vida mais simples. Eu escolhi ser poeta, por isso nunca fiz nada. Tinha o método do Fernando Pessoa, para quem só as palavras eram reais. Nem sei fazer um ninho, Isabel. Sou mais inútil dos que os pássaros que, além do canto, sabem fazer ninhos. Mas eu sei escrever livros e para nós, isso é suficiente!

Faço-lhe uma proposta. Não quer ir comigo para o interior do Brasil? Sim, vamos fugir como sonhava a burguesia romântica. Lá poderemos ser dois desconhecidos. Estou prestando um concurso para uma Universidade no Sertão, mas poderia fazê-lo para Ancara. Iniciaria uma vida acadêmica.

Podemos fazer uma casa de livros, Isabel. Livros nos telhados, nas portas. Ao invés de paredes e grades, lápis, para marcarmos e riscarmos as partes prediletas. Os livros substituiriam a mesa. Comeríamos por sobre os tomos mais grossos. Eu, sobre Milton; tu, sobre a Ilíada. E depois nos deitaríamos sobre as páginas abertas. Enquanto eu estivesse na Universidade, você ficaria lendo, assim como a bela Marília, "altos volumes de enredados feitos".

Aqui no Recife, serás sempre Isabel de Mello e eu mais um poeta. Se estás mesmo infeliz, vamos para longe daqui, para onde eu possa pagar os custos da nossa existência.

Falo sério! Falas-me numa vida de amor e eu numa vida de poeta. É possível que nem vivamos de verdade. Proponho, como os romanescos, uma fuga. É possível que a minha maior virtude seja ter em mim mesmo quase tudo de que preciso. E agora tenho também você.

Com amor,
Afonso.

Recife, 9 de abril de 1999

Hay países que yo recuerdo
como recuerdo mis infancias.
Son países de mar o río,
de pastales, de vegas y aguas.
Aldea mía sobre el Ródano,
rendida en río y en cigarras;
Antilla en palmas verdi-negras
que a medio mar está y me llama;

GABRIELA MISTRAL

Meu bardo recifense, são 03:47 da manhã, os hipnóticos hoje não fizeram efeito! Mais fácil sedar um elefante do que a mim nestas noites infindas. Assisto daqui, pacientemente, ao movimento das estrelas, e ao mesmo tempo pergunto-me: como é possível que nós não nos conheçamos ainda? Como não estás ao meu lado, vim ler poesia, que é também uma forma simbólica de estar contigo.

Sabes, Afonso, na minha fértil imaginação, pensei que, se casássemos, queria exercer uma atividade intelectual próxima da tua e que, assim, formássemos um casal forte como Jean-Paul Sartre e Simone de Beauvoir.

Brincadeiras à parte, hoje, por acaso, pela primeira vez na vida, pensei num métier que gostaria de ter levado a sério. Apeteceu-me ser tradutora. Eu sei que os tradutores são, na realidade, quase poetas, só que não ganham o mérito. Não te parece algo feito sob medida para mim? É isto que eu quero, Afonso.

Eu só desejo ter a minha mente ocupada, para não pensar sandices e, de alguma forma, me sentir útil, fazer alguma coisa pela humanidade. Acho que traduzir poemas seja algo objetivo. Admiro tanto estas pessoas que fazem coisas necessárias.

Você sabe que a Gabriela Mistral foi professora primária numa zona rural chilena. Uma mulher daquelas... Não acredito muito nestas premiações, sempre eivadas pelo fórum político, mas ninguém ganha um Nobel de Literatura por acaso, principalmente sendo uma mulher e vivendo na América do Sul.

Há tanta dignidade na poesia e na pessoa dela, tanta decência. Eu não me importaria de passar parte significativa de minha vida traduzindo esta mulher – *Hay países que yo recuerdo – como recuerdo mis infâncias – Son países de mar o río.*

Na verdade, sinto tudo que ela diz como se fosse meu. Como vocês, poetas, fazem isto, Afonso? Com que direito vocês dizem aquilo que não sabemos dizer? Eu, que já viajei tanto, parece que nestes lugares só encontro recordações da minha infância. Parte da minha infância, como sabes, foi vivida no Engenho e foi lá, num riacho, que conheci o encantamento das águas.

Assim, mesmo que eu esteja no Sena, no Ganges ou no Danúbio, é sempre uma recordação da minha infância, daquele riozinho que atravessava com o meu irmão em troncos de bananeiras. Mas eu só percebi isto lendo a Gabriela Mistral.

Não seria interessante traduzir poetas desconhecidos para a língua portuguesa? Quantas poetisas maravilhosas deve haver por estas cidadelas da América do Sul? E, quem sabe, assim eu iria aprender línguas africanas ou orientais!

Imagino que devem existir poetas que nunca foram lidos, mas que são imensos, que escrevem com estranhamento, como se em idiomas estrangeiros. Há poemas que nunca chegarão ao seu destino, mãos e olhos que ficarão à espera! Estou certa de que, agora mesmo, enquanto lhe escrevo estas linhas intimistas, alguém deve estar fazendo um poema absolutamente necessário. Um tradutor é essa caixa de ressonância do poeta.

E a tua poesia, Afonso, já pensaste como soaria em outros idiomas? Como seria a tua musicalidade? Hás de soar bem em francês. Sinto uma construção, uma sintaxe que te ficaria muito bem no idioma de Baudelaire e de Verlaine.

Ao mesmo tempo que é um milagre, é uma perdição vivermos num país tão grande falando um só idioma. Não sei o que me acontece, mas às vezes tenho tanta sede de falar em outras línguas. De pensar e sentir em outras músicas. Como o Guimarães Rosa, que disse "querer todas as línguas: o mineiro, o português, a língua dos esquimós, o tártaro, enfim a língua geral que se falava antes de Babel".

Gabriela Mistral também teve uma vida trágica como a minha. Deve ter aprendido com isto. Será destino das grandes poetisas: Mistral, Florbela, Plath. Mas eu nem poetisa sou. Sou apenas uma diletante. Por que sofro como se eu mesma fosse poeta?

O sol chegou, meu bardo! As pessoas vão para o seu trabalho ganhar o seu sustento e eu hei de ir para minha cama nas nuvens. Uma única semente de mostarda seria suficiente para me tirar o sono. Mas não te abandono assim sem te deixar mais um pouco de Mistral. Esta tradução ainda não é minha, Afonso, mas um dia será!

Coplas

A tudo, em minha boca,
um sabor de lágrimas se acresce;
a meu pão cotidiano, a meu canto
e até à minha prece.

Eu não tenho outro ofício,
depois do silente de amar-te...

Recife, 16 de abril de 1999

Caro Afonso,

Por que a beleza me faz chorar tanto? Por que vocês artistas criam o próprio mundo e não me deixam entrar? Fico à volta, fico à margem como as mariposas!

Importa-me saber: "O que é para si a beleza? Há moralidade e verdade na arte? Qual a ética da poesia, Afonso?

As virtudes não resistem na arte sem a beleza. Estou correta? Em que acreditas? De que me valeria ter toda a bondade do mundo, se eu não te fosse bela? Me desprezarias por isso? Me possuirias? Farias, mesmo assim, poemas para mim? Não mintas, Afonso, és um poeta e dependes mais do que eu do mistério das coisas! E se eu, por dentro, fosse horrível, capaz de litígios e incestos, e de propósito derramasse o leite, mas tivesse os dentes brancos e os lábios vermelhos, me beijarias?

A beleza não é justa! A beleza é mais parcial do que o próprio símbolo da justiça, aquela mulher cega com a espada pronta para cortar. Sendo assim, a arte não é justa. A própria poesia não é justa. Tem os seus eleitos.

Se tudo é transitório, por que queremos imortalizar o belo? Foi por isso que inventamos a arte, não foi?

Estou em lágrimas. Mas não tenhas dó de mim! Estou me sentindo fértil. Se hoje fizesse amor, tenho certeza que engravidaria! Conheço o meu corpo. Toco nele as notas do universo!

Escrevo todas as letras e melodias do mundo. Hoje sou uma opereta de Johann Strauss.

Preciso acender o castiçal. O relógio me mostra que são 17:17. Os dias no Recife são curtos. Eu, que acordo por volta das 12:00, só tenho umas cinco horas de luz natural. Todo o resto é noite.

Isabel de Mello.

Recife, 27 de abril de 1999

Cara Isabel,

Só não lhe respondi de imediato porque ainda estava degustando as suas últimas cartas. E pensando para mim mesmo por que eu não me contentava só com isso. Não me basta me corresponder com você? Qual uma bruxa, você vai cozendo a literatura e a vida na mesma água como se elas fossem a mesma coisa, e para mim, não são. Se há um poeta entre nós, é você, Isabel!

Também acho nobre o ofício de tradutor, na verdade, um exercício necessário aos bardos. Quase todos, desde a antiguidade, já traduziram alguma coisa. Ainda me falta este título faustoso em minha biografia. Mas, como você profere, não é nada fácil ser tradutor, sobretudo de poesia.

Sorte a sua de poder ler tantas coisas no original. Samuel Johnson costumava dizer: "A poesia não pode ser traduzida. " E que o tradutor não deve superar o original, sob o risco de tirar a veracidade da obra. Quer dizer, não pode fazer mais bela uma poesia do que ela é, sob pena de corrompê-la. Ter que botar a mão no freio para um esteta não é fácil. Para saber se o poema está bem traduzido, tem que saber mesmo ler o original.

O Décio Pignatari fez uma coisa bem interessante ao traduzir *Tarde de verão de um Fauno*, de Mallarmé, que foi uma tripla-tradução. Ou seja, para cada verso, ele nos mostrava três possibilidades. Traduzir um poema é quase tão difícil quanto musicá-lo, sem desrespeitar suas imagens, seu ritmo, sua sintaxe.

Há o mito de que só os poetas podem ser tradutores. É possível. Gosto muito, por exemplo, da imagem usada pelo Shelley: "Transportar de uma língua para outra as criações de um poeta equivale a lançar uma violeta num cadinho para descobrir o princípio formal da sua cor e do seu odor." Uma visão absolutamente poética para um ofício que, como a própria poesia, requer engenho e arte.

Admiro muito o Shelley e, se me fosse dada a escolha de um período para ter vivido, gostaria de ter sido um desses poetas do romantismo inglês. Tenho mais a sensibilidade romântica do que a forma clássica.

Como você disse alhures, num país continental, não temos a oportunidade de exercitar a toda hora outro idioma. Isto é, sem dúvida, um problema para os vates. Era tão bom se pudéssemos ir ali perto, na Paraíba, ouvir outro dialeto. Para a poesia, é fundamental. Não sei!

O que sei é que, se você quiser, pode ser uma tradutora das melhores. Devemos tanto aos nossos tradutores. Poderias traduzir os poetas russos. Muitos dos poetas russos que conheci já foram de traduções francesas.

Um destes dias, estava lendo um ensaio do Ivan Junqueira sobre Abgar Renault, tradutor de poesia. Uma verdadeira aula sobre tradução. Vou ver se encontro por aqui e mando para você. Sou muito desorganizado e raramente encontro as coisas quando preciso.

O próprio Ivan Junqueira, quando estava fazendo a tradução de *Flores do Mal*, pensou várias vezes em abandonar, pois sentia-se incapaz de terminar aquela tarefa. Não são poucas as vezes em que os poetas se sentem incapazes diante de suas missões. E agora, diferentemente dos clássicos, já não podemos invocar as musas para nos socorrer.

Na verdade, o que conheço de Baudelaire, de Homero, devo a este trabalho silencioso e duro da tradução de homens como Odorico Mendes, Ledo Ivo, Augusto e Haroldo de Campos, entre outros.

Eu mesmo fui introduzido em alguns dos meus poetas prediletos numas edições baratas que tenho até hoje como livros de cabeceira: *Poetas franceses do século XIX* e *Grandes poetas da língua inglesa do século XIX*, de José Lino Grünewald. Foi ali que aprendi meu inglês e meu francês, suficientes ao menos para passar nas provas de proficiência do doutorado. Alguns, de tanto reescrever, sei de cor, como a *Arte poética* do Paul Verlaine: "*De la musique avant toute chose/ Et pour cela préfère l' Impar / Plus vague et plus soluble dans l`air, / Sans rien en lui qui pèse ou qui pose*".[1]

Fica em paz, Isabel, tenho muito orgulho nesta amizade.

Afonso.

1. "Música acima de qualquer cousa, / E prefere o Ímpar, menos vulgar, / Que é bem mais vago e solúvel no ar, / Que nada pesa e que em nada pousa." Paul Verlaine, *Arte Poética*.

Francisco!

Ela é muito densa para mim. Se você não pode com um deus, não o provoque! Acabei me machucando, sem sequer conhecê-la, imagine! Nós não sabemos do mundo, amigo, acredite. Somos pequenos. Ser poeta não é nada. Há pessoas que vivem a própria poesia, elas são os próprios poemas, encarnam os sonetos, as elegias. Não foi isto que disse o Lord Henry Wotton a Dorian Gray?

Ando agora a ler as colunas sociais para ver encontro alguma coisa dela. Saiu uma foto dela quando pensava que ainda estava na Europa. Eu sei que estas pessoas de dinheiro fazem da Europa o seu quintal, mas não faz sentido. Algo muito estranho se passa, mas eu não consigo ligar. Ela às vezes, parece que não é ela, como se construísse com a destreza do próprio Flaubert uma personagem.

Hoje, quando passava pela Rua do Imperador, tive o ímpeto de entrar no arquivo público para ver se encontrava mais matérias ao seu respeito. Não havia nada sobre o seu casamento, mas sentindo-me o próprio Hercule Poirot, encontrei no JC uma fotografia com apenas esta menção: "A Senhora Isabel de Mello e Família em Leilão beneficente." Que gente elegante! Se algum dia o Recife teve uma Família Real, eles são os seus descendentes...

A filha dela é uma coisa para enlouquecer. São realmente parecidas. Deveria ter sido bela assim quando jovem. Lembra mesmo a Sylvia Plath, só que é ainda mais bela. Incrível!

Fiquei paralisado por umas três horas, como se tivesse sido inoculado por uma serpente. Quando voltei a mim, tive o desvario de levar o jornal. Como não tinha tesoura ou nenhum outro objeto cortante, rasguei aquela meia página, pus no bolso e saí correndo como se tivesse cometido um crime hediondo.

Acho que não virão atrás de mim por um pedaço de jornal?

Recife, 27 de abril de 1999

Poeta, quando estou feliz, pareço prescindir das palavras. Hoje, basta-me a música, Haydn... Ah! Imaginei que gostaria de saber que a tua leitora é livre outra vez.

Isabel.

Recife, 29 de maio de 1999

Afonso,

Não queria acordar! Sonhava que desejavas ver-me. E tínhamos marcado um encontro, mas não sei ao certo o lugar. Não reconhecia nada. Nem ruas, nem árvores, nem nomes, como se nada soubesse daquela língua. Que angústia não saber o que as palavras significam!

Vinhas de longe e cansado, como se tivesses feito a viagem de um poema épico. Mas, diferente de Ulisses a Penélope, nunca chegavas aos meus braços... Por quê? Tive vontade de consultar o oráculo para saber o que o futuro nos aguarda, mas fiquei com medo!

Depois levantei-me e fui cuidar das plantas. Como a dona, elas andam em estado de abandono. Só eu aqui em casa falo com elas. E tenho sido negligente. Tenho me negligenciado e as plantas são uma extensão de mim própria. Sabes que tudo em mim anda sem uso como uma faca cega, e desde criança, não vejo mais os amoladores de facas!

Mas as plantas e a água revigoram-me. Cuidar delas foi cuidar de mim também. Aguá-las foi banhar-me. E foi isso que fiz hoje. Mesmo que tenha sido a terra e o estrume medido das caqueiras. Mesmo que não tenha tido por perto árvores frondosas ou raízes profundas, foi tão bom! Enquanto minhas mãos ocupadas cuidavam de lírios e violetas, pensei tanto em você!

Em meu desvario romântico, apeteceu-me saber o que fazes das minhas cartas. É certo que não sou uma *Madame de Sévigné*, ou uma Sóror Mariana Alcoforado, nem considero em nada a minha epistolografia, em tudo anárquica, desnecessária à humanidade. Mas é que, para mim, o hábito de te escrever consome-se como a chama à vela.

Semelhante a ti com os teus poemas, gostaria de saber em que parte do teu quarto me escondes do mundo! Se me proteges das intempéries e dos olhares ou se me deixas nua à mostra como um abajur? Se tenho algum protagonismo na tua estante entre os teus livros ou se me descartas em algum arquivo?

Será que te dou alguma alegria ao leres-me, mesmo sendo eu tão triste quanto a própria Sylvia Plath? Será que, com pena de mim, em algum momento já desperdiçaste alguma lágrima quando eu te escrevo querendo morrer? Apetece-me saber como cuidas das minhas pobres epístolas!

Não percebeste que a última selei com saliva? Terão aí os futuros investigadores da tua intimidade – pois os grandes poetas são devassados, procuram-lhe as cartas, as caixas, arcas – todas as provas necessárias para, de alguma forma, unir-me a ti.

Eu entrarei para a história da literatura então como tua amante, como Dinamene ou Lou Salomé. Mas, ao contrário delas, eu ainda não consumei nada. Que ironia, não! Especularão, assim como Ofélia em relação a Fernando Pessoa, qual a minha importância em tua vida. Não quero que falem mal de ti. Por isso as minhas cartas agora irão com batom e perfume francês.

Terás a mais apaixonada das amantes. Uma amante rica e bonita ficará bem em tua biografia. Falarão de mim superficialmente, assim não saberão que já passei, como Camille Claudel, por casas de repouso. Eu não sou artista, não me devassarão a vida. Aliás, ao menos nisso o meu pai me protegeu ao fazer sumir todos aqueles prontuários.

Hei de cuidar mais de mim de agora em diante para não te manchar a história.

Da tua leitora oficial,
Isabel de Mello.

Recife, 7 de julho de 1999

O verão envelhece, mãe impiedosa.
Os insetos vão escassos, esquálidos.
Em nossos lares palustres nós apenas
Coaxamos e definhamos.

Cara Isabel,

Talvez os seus médicos estejam certos em restringir-nos. Com certeza, eles não estão pensando num mundo mais poético, mas simplesmente em prolongar-nos a vida. Para isso, privam-nos do que nos dá prazer. Neste sentido, tenho de concordar: a poesia não ajuda. Ainda mais esta linhagem que você escolheu.

Também gosto da Sylvia Plath, mas fazia muito tempo que não a lia. A sua estima por ela me despertou outra vez. Há nela uma linha direta da grande modernidade em língua inglesa, de Marianne Moore a Elizabeth Bishop.

O Francisco acusa-me de ter uma alma feminina! Talvez por isso eu goste tanto das poetisas, de Safo a Lucila Nogueira. Agora, tenho em minhas mãos uma portuguesa que você iria adorar: Eduarda Chiote, ela sabe fazer portentos. Aqui no Recife, eu sempre digo que o nosso maior poeta não é o João Cabral, mas a Deborah Brennand.

Guardei duas novidades para você: concluí a tese, que é também promessa de uma vida melhor, embora ainda me falte a defesa; e finalizei uma nova coletânea de poemas que pretendo publicar em breve.

Ontem revisei uns versos e pensei: "Será que ela vai gostar?" Este é o motivo das minhas manchas tipográficas, nesta cidade que há cinco séculos não sai de um processo de civilização.

Você está em cada palavra, emerge em cada imagem, atrai toda a rima. Acho que nunca escrevi tão bem.

Com afeto,
Afonso.

Recife, 7 de agosto de 1999

> *"Sim, por não haver escrito cartas tão belas! Ouça mais esta: 'Se lhe mando beijos por escrito, você deveria ler minhas cartas com os lábios'."*
>
> ROXANE

Meu poeta,

Chove, chove muito, chove a cântaros! O Recife, lá embaixo, no nível do mar parece que vai afogar-se, que só os caranguejos e escafandristas se salvarão. Eu aqui, como uma ostra, quase não tenho coragem de mover-me!

Não sei por que a chuva, desde quando eu era uma miúda, tem esta capacidade de me enfeitiçar. Sinto que há outro tempo dentro do relógio, dentro de mim, que não quer obedecer em nada às horas do dia!

Nestes períodos, eu simplesmente não ia à escola! Não conseguia nem me levantar, o que era motivo para uma guerra em casa. Esta seria uma pequena metáfora da minha vida. Eu só queria dormir! Que mal no mundo há nisto?

Às vezes, nestes dias de dilúvio, eu e meu irmão íamos ao riacho soltar barcos de papel. Era tão bom, parecíamos navegadores! O riacho ficava tão diferente naqueles dias, nem parecia aquele riozinho calmo, domesticado, era como se quisesse dizer: "vocês não me conhecem, nem têm força sobre mim. Na minha vida mando eu". Eu gostava daquele seu temperamento imprevisível nas cheias.

Meu irmão, meu Apeles! Quase não o reconheço! Como pode uma pessoa mudar tanto? E não falo só fisicamente, mas por dentro mesmo! Não o percebo! Eu que era tão apaixonada por ele e ficava encantada quando me defendia, feito um herói, dos castigos da mãe, inventando mentiras maiores do que as do Pinóquio para me proteger.

Com meu pai sempre ausente e distante como um deus grego, ele foi a primeira figura masculina em minha vida! Era tão bonito e loiro como nos ensinam que são os príncipes! Era tão surpreendente quanto o Tadzio.

Era uma vez uma menina que, depois de assistir a um filme em que a garota beijava o mocinho, ficou com vontade de beijar alguém, como não havia do lado nem príncipe nem sapo, beijou o seu irmão, um toque suave de línguas e lábios.

Foi o suficiente para um escândalo e eu mal compreendia que aquilo significava algo tão grave. Praticamente nos deixaram incomunicáveis. Eu fiquei isolada no engenho. Nunca mais quis beijar ninguém.

Meu irmão, quando olho para ele hoje, já não o encontro! Não há nada a não ser o nome que indique ser a mesma pessoa. Será que o dinheiro e o poder, as brincadeiras de adulto, fizeram dele uma pessoa tão feia?

Ele é, para mim, totalmente estranho. Sinto uma pena por isso! Eu que não fiz nada da minha existência, nem ao menos poesia, sinto tanta pena do meu irmão que venceu na vida!

Sinto pena da sensibilidade que ele perdeu! Dos livros que se esqueceu de ler, das viagens sem razão que não fez. Ele, sim, poderia ter feito mais do que eu! Tinha saúde. Casou-se com uma moça rica e hoje os dois estão apenas mais ricos e mais gordos. Dos sete pecados, acho a gula o mais ridículo. Penso que nem amor fazem mais! Parece-me tão pouco para alguém que prometia tanto, para alguém que tinha o espírito da aventura e brincava comigo de teatro.

Certa vez, fizemos a adaptação de Cyrano de Bergerac e ele foi o meu Cyrano, personagem intrépido que, por causa de sua feiura, se esmera nas artes da poesia e da conquista. Fizemos para ele um nariz tão grande de barro...Claro, eu era a Roxane, e como diretora, sabia de todas as falas:

– Beijo! O nome é doce demais e, portanto, Para o lábio hesitar, motivo é que não vejo. Se ao nome ele se inflama, o que faria ao beijo? Não se deixe tomar de repentino susto; Deixou o gracejo, pouco a pouco e sem custo; Deslizou logo após comover-se tanto Do sorriso ao suspiro e do suspiro ao pranto; Basta-lhe deslizar dos olhos para a boca: Das lágrimas ao beijo a diferença é pouca.

Meu irmão! Será que o erro não será meu por esperar dele alguma coisa diferente, do mesmo modo que as outras pessoas esperavam de mim?

A chuva insiste lá fora, apetecia-me estar numa casinha aquecida com lareira, de pijama e meias lendo poemas! Gosto, em particular, de uma meia com um rasgo, lembrança ainda do tempo que passei em Berna. E, depois de saturada de poesia, um *fondue* e um tinto também não iriam nada mal! Confesso que nestes dias não faço nada, e tu terias que trazer e servir-me na cama como se eu mesma fosse uma rainha.

Da tua Isabel, com lágrimas de chuva.

Recife, 3 de setembro de 1999

Na febre do amor próprio estou ardendo,
No frio da tibieza tiritando,
No fastio ao bem desfalecendo,
Na sezão do meu mal delirando

Meu trovador, por acaso, conheces a Sóror Maria do Céu? A nobre portuguesa que se encerrou num convento da Ilha de São Miguel, nos Açores, e sob os muros do claustro, escreveu poesia? Das melhores poesias barrocas! Naquela última viagem a Lisboa trouxe uma bela edição que andou perdida nas estantes e só esta semana, ao acaso, pude dedicar-me a ela.

Apesar de gostar dos livros, mesmo aqueles que mais aprecio podem estar escondidos em qualquer canto. Parece que têm pernas e, justamente na hora que mais preciso, não os encontro. Depois reaparecem como se tivessem vontade! Desconfio que os livros têm vida própria, que somem à noite das estantes, perambulam pela cidade como almas pagãs, e regressam pelas manhãs!

Diferente da Sóror Maria do Céu, não há em mim o espírito do sacrifício, antes do prazer. Quanto hedonismo, não? Se eu tivesse a austeridade dos conventos medievos, por certo a minha apreensão das coisas seria diferente!

O espaço condiciona também a leitura, o que achas? Eu, por exemplo, em menina, no Engenho, ia ler numa sombra perto do riacho. E ficava, como se pertencesse àquela paisagem, até o crepúsculo, quando não havia mais sol para ler. Depois, antes de dormir, ficava ruminando aquelas imagens.

O engenho foi a minha pena. Eu tinha que ser afastada da minha família e não sabia por quê. Foi naquele período que a Carminha veio cuidar de mim. Eu tinha que inventar tantas coisas que já não sabia o que era real.

Hoje, eu vivo encarcerada sem motivo. Não há nem a perda de um grande amor que tenha me levado ao misticismo. Sou inocente do que me acusaram! É como se o corpo não estivesse pronto ainda para o outro e quisesse ser dele mesmo por mais tempo.

Cozinhei-me em fogo brando, mas agora sinto a falta de um amor verdadeiro. Não me importa quem seja, mas não me importaria em nada se fosse um poeta, pois "na febre do amor próprio estou ardendo / na sezão do meu mal delirando".

Como estas irmãs escrevem bem! Como parecem destinar os seus impulsos e desejos à escrita. E ao mesmo tempo vivem tão preservadas destas instâncias que condicionam a escrita, como as academias, as editoras e mesmo o leitor.

Elas não escrevem para ninguém senão para si mesmas. Há uma escrita pura, mas não ingênua, o que, sei que sabes, são coisas opostas! Também eu poderia viver para mim mesma entre todos aqueles livros dos conventos. Acordar cedo, jejuar e ir buscar pelos bosques os frutos da estação. Não é isto que, de certa forma, eu faço no meu anarquismo?

Os conventos foram lugares de emancipação das mulheres. Longe do poderio machista dos pais e dos maridos, elas puderam ser poetas, escrever cartas livremente. Aqueles muros, por certo, guardam mais poesia do que pode imaginar a cultura ocidental. Havia ali um ambiente intelectual mais propício do que nos próprios salões parisienses.

Foi também no convento, pela janela de Mértola sobre Beja, que Sóror Mariana Alcoforado viu e apaixonou-se pelo cavaleiro francês Chamilly, para quem escreveu cinco cartas escandalosas que seriam editadas em Paris em 1669. Assim como ela, também eu vivo idealizando o amor! O amor que na minha condição parece cada vez mais distante.

Disseram que eu era destrutiva e má, Afonso! Não é verdade! Como pode ser destrutiva e má quem tiraria a própria roupa para dar a alguém que sinta frio? Não vejo a lógica na propriedade privada, pois já me sinto dona das coisas por poder usufruir delas e não preciso de ter o meu nome em tudo aquilo de que gosto.

Já fiz um testamento deixando tudo que possuo para um abrigo que cuida de crianças em situação de risco social. Se casares comigo, não casarás enganado, terás uma vida de nobre, apenas enquanto eu for viva. Depois, voltarás a ser pobre como dantes. Assim, não corro o risco de que possas desposar-me a não ser por amor!

Do meu claustro,
Isabcl.

Francisco,

Os anjos existem, creia, meu amigo. A beleza existe e não está no poema, como pensávamos! Estávamos enganados! Quem iria acreditar que as pré-rafaelitas saíram dos poemas e pinturas místicas de Dante Gabriel Rossetti e habitam a terra? Estive hoje na Guarany. E sabe quem encontrei lá?

Eu estava sentado, tomando o meu café, pedindo às musas inspiração, tentando rabiscar alguma coisa. Sabe aquele dia em que a primeira palavra não vem? Aquele dia em que você desaprendeu o seu ofício de poeta? Nada, uma imagem sequer!

Quando olhei para uma daquelas estantes, não acreditei no que vi! Foi como se tivesse sido tomado pelo incomensurável, pelo sublime. Não era só a beleza, como afirmava Kant, era o inexprimível diante da força da natureza.

Um rosto que já me era íntimo, por vê-lo tantas vezes num papel jornal que tenho pregado no quarto. Não, Francisco, não era a minha leitora, a mulher que mais anseio conhecer neste mundo, mas a sua filha. Ou seja, não era a rainha-mãe, mas a princesa.

Houve uma espécie de amor por extensão. Um amor transferido como se por herança. Amaria toda a sua família. Isto é possível, meu caro, acredite!

Eu não poderia descrevê-la. Ainda é impossível traduzir o que senti. É claro que pensei que, se ela não fosse filha da Isabel, seria para mim uma visão do mesmo modo idílica. Precisaria de Keats:

Conheci uma dama nos prados
Filha de fada, uma beldade
Seu cabelo era longo
Seus pés eram delicados
E seus olhos eram selvagens
Sentei-a no meu corcel que marchava
E para mais nada, olhei o dia inteiro
Para o lado ela se inclinava
E das fadas entoava o cancioneiro.
Ela me trouxe raízes de doce sabor
Mel selvagem e orvalho da manhã
E, em língua estranha, falou que me amava

Por mim não sei expressar a minha devoção
por forma tão bela
quero uma palavra mais justa que "justa"
uma palavra mais bela que "bela".
Quase desejo que fôssemos borboletas
que vivem apenas três dias de verão
três dias "apenas com aquela criatura" dariam mais prazer
do que 50 anos normais.

Pode-se amar à primeira vista, meu amigo. Mas saber que ela é a filha da pessoa que me escreve aquelas cartas e que me lê como se eu fosse realmente um poeta, por certo, direcionou a minha percepção. Meu espírito é grande, posso amar as duas!

Parece que nunca avistou o sol, é como se não tivesse mesmo sangue. Uma palidez que só sabia existir por conhecer bem os nossos simbolistas.

Deve ter por volta de uns trinta e poucos anos. Trazia nas mãos uma antologia de poetas russos. Você imagina? Parecia tão concentrada em Mayakovsky e Pushkin que nem me percebeu. Tinha os olhos profundos como se já tivesse lido toda a poesia do mundo. Será um mal de família gostar de poesia?

Não sei por que a Isabel nunca fala dela em suas cartas. Deve ser uma forma de protegê-la. Eu também não falaria dela para ninguém. Nem me importava de nunca mais escrever um poema, se tivesse a minha vida para contemplá-la.

Eu nunca havia experimentado isto antes com qualquer pessoa, sequer pela arte. Eu nunca tremi tanto, nem cheguei tão perto do meu coração.

Tive o impulso de apresentar-me e perguntar pela sua mãe. Mas me contive, como se houvesse em sua volta uma barreira intransponível a lembrar-me de um mundo que não é meu. Elas são de outro astro, pela sua filha compreendi. O poema é, por enquanto, o único lugar onde podemos encontrar-nos.

Afonso.

Recife, 7 de outubro de 1999

Afonso,

Ontem tive um pequeno aborrecimento. Precisei assinar uns papéis de umas coisas que só me trazem maçadas. Um inventário que nunca tem fim. Parece até que somos os donos de Pernambuco! Os papéis, quando não são de cartas de amor ou de poemas, são as piores coisas do mundo! Apetece-me queimá-los todos numa fogueira inquisitória.

Mas não desejo preocupar-te, nem é por isso que te escrevo agora, e sim por outro motivo, no mínimo curioso, que me fez mudar de ânimo.

Acordei tarde e, diferente do que sempre faço, não tomei o café aqui no quarto. Ao chegar à mesa da cozinha, tinha lá, como sempre, os dois jornais que nunca leio. A nossa secretária, a Maria José, estava lendo o horóscopo e pedi-lhe que lesse o meu: "Vamos ver o que é que os astros reservam para mim".

Foi quando ela leu o que transcrevo agora para você:

"Plutão exerce forte pressão sobre o Sol e Vênus indicando mudanças em sua vida profissional e amorosa. Se por um lado isto pode lhe trazer alguns transtornos profissionais, por outro no amor pode ser altamente favorável. O momento é único para um novo encontro amoroso, para entregar-se a aventuras adiadas".

Então, Afonso, se até os astros conspiram a favor, o que pode nos impedir? Dizem que o Pessoa nada fazia sem consultar os astros, que certa vez faltou a um encontro muito aguardado com a Cecília Meireles, em Lisboa, porque não havia bons auspícios.

Por um momento, achei que a Maria José falava mesmo como se tivesse o poder sobrenatural da adivinhação. Parecia que sabia do meu destino como o Oráculo de Delfos sabia o de Alexandre. Uma coisa casual me aproximou tanto dela. Ela também disse que não faz nada sem perguntar aos astros. E que no dia em que conheceu o seu "homem", ouviu a previsão na rádio dizendo que o que era dela de direito estava para chegar.

Dei-lhe um grande abraço e conversamos coisas muito agradáveis, durante toda a manhã. Ela tem tanta sabedoria e deu-me conselhos como se realmente gostasse de mim. Disse-me que eu era mais bonita do que as atrizes das novelas e que eu não deveria nunca mais cortar os cabelos tão curtos. Disse-me ainda que já levou o meu retrato para mostrar a sua família.

É claro que não falamos de poetas ou poesia, mas de outras artes, de homens e de namorados. É interessante como havia ali uma linguagem universal!

Acho que fiz uma amiga.

Beijos,
Isabel.

Recife, 30 de outubro de 1999

Afonso,

Queria dar-te alguns presentes. As mulheres apaixonadas presenteiam seus amados. Foi tudo tão intuitivo, nem imaginas! Tive que ir, hoje à tarde, ao Shopping Center escolher meus óculos de grau. Há quem tenha fetiche por mulheres de óculos, é o seu caso? Quando dei por mim, estava em frente a uma boutique masculina.

Tive o impulso de comprar tudo que gostava e mandar-te. Sapatos, gravatas, blazers, relógios... Contive-me. Achei que não irias gostar dessa invasão. Mas não pude deixar de sonhar em estar contigo em Milão, dar-te presentes, mimos. Queria ver-te elegante a assinar os teus volumes e desfilar nos cafés como os poetas finisseculares.

Pensei: "E se ele não for um dandy! " Nada sei da tua imagem, a não ser a dos teus poemas. Em cada releitura, vou compondo, como uma menininha, o teu retrato escrito. Como será o meu poeta, terá as mãos delicadas? Com qual dos meus ídolos se assemelhará?

Arthur Rimbaud era o mais bonito, com aquela carinha de Leonardo DiCaprio, mas muito criança para mim, não faz o meu tipo. O Fernando Pessoa que me desculpe, mas era muito estranho, iria me deprimir. O Carlos Drummond, muito magro; o João Cabral, sério e de péssimo humor, um chato. Baudelaire, charmoso, mas esquisito. Ferreira Gullar tem os dentes para fora, iria me assustar!

Começo a pensar que os poetas não são exatamente príncipes encantados. Além do mais, devem ter mais manias do que eu. Manias de limpeza, de organização. TOC de todos os tipos: de checagem, de contaminação, de acumulação, ruminações, pensamentos intrusivos. Talvez seja melhor continuar dormindo com os seus livros.

Já as mulheres são todas lindas e delicadas: Clarice Lispector, Florbela Espanca, Alejandra Pizarnik, Anne Sexton, Sylvia Plath...

Quanto devaneio cabe numa única folha de papel! Diz-me logo do que gostas de pôr sobre a tua pele, como gostas de compor a tua figura de poeta. Quem sabe, eu mesma te teça os fios!

Beijos da tua Ariadne,
Isabel.

Recife, 6 de novembro de 1999

Minha doce Isabel,

Só você mesma, Isabel, para me alegrar. A sua escrita tem aquilo que os ingleses viam na alta literatura, o *wit*, algo como inteligência do espírito. Vou entrar no seu jogo, quanto à imagem que construí para o meu poeta, deixe-me ver:

Discordando de você, não raro, os poetas fazem-se belos, como se externassem no corpo o próprio poema e desde Orpheu, com a sua lira, criam performances. Por isso, em torno de si sempre rondaram musas, ninfas, cortesãs, amantes, mas também inimigos poderosos.

Existem aqueles que, de longe, você vê que são poetas... Que se vestem de poeta o dia ou a vida toda. Em Recife, há uns dois ou três, mas preferia não declina-los. Devem passar mais tempo mexendo no seu cavanhaque do que no dicionário de rimas...

Há também aqueles que são poetas duas vezes, poesia e vida de poeta com aventuras errantes como associamos aos da geração byroniana: noites nas tavernas, olhos profundos, cabelos longos, blazers de tons fortes... Drummond dizia que o Vinicius foi um desses de dupla vida poética.

Gosto dos poetas que são subversivos, transgressores... Rimbaud, por exemplo, com aqueles olhos azuis de anjo infernal e sua conduta em tudo condizente com o que pensamos ser um poeta. Não sei se sou desta família em que possivelmente estão também Lautréamont, Baudelaire e Oscar Wilde.

Mas há bons poetas que passam pela rua e você nem desconfia que eles escrevam versos. Fogem por completo dos estereótipos. Alguns têm uma vida e aparência tão comuns. T. S. Eliot trabalhou num banco e Paul Valéry foi professor secundário. Vidas desinteressantes, tediosas, em tudo contrárias a suas obras. Parecem extraídos do conto *Bartleby, the Scrivener*, de Herman Melville.

Eu, como você já disse em sua carta, me sinto na metade do caminho. Quando jovem, acho que tinha, sim, cara de poeta com cabelos longos e cacheados. O instinto de sobrevivência me podou um pouco. Como eu posso desfilar pelo Recife? Vão me jogar pedras...

Isabel, Isabel, rainha e santa de Portugal, tens cultura e título de nobreza. O que podes esperar de um pobre vassalo provençal, a não ser canções de amor?

Afonso.

Recife, 6 de janeiro de 2000

Afonso,

É novo milênio! Já pensaste que estás a envelhecer?

Sei que a natureza é mais generosa com os homens do que com as mulheres, mas tu, Afonso, já tens quase 40 anos e não tens a quem deixar a tua história, a tua descendência.

Nada vale mais na vida do que o aconchego de um ninho, do que a volta para casa com os biquinhos famintos à tua espera. Nenhuma fama, nenhuma honraria. E tu, Afonso, corres o sério risco de não ter as duas coisas!

Desculpa-me a franqueza, és um escritor completamente desconhecido e não me parece, nos dias atuais, que venhas a ser descoberto e catapultado para o Olimpo. Eu descobri-te ao acaso num palimpsesto. Isto não te basta? De quantos mais leitores precisas?

Lembra-te que o próprio Baudelaire dizia que a modernidade se contenta com o pouco. Ele falava de outra coisa, mas serve-te na mesma. Talvez seja a hora de mudares a direção da nau.

Ainda não és um homem completo. Falta-te uma companheira e a paternidade. Não foi o próprio James Joyce que disse isso ao justificar a sua escolha por Ulisses e não por Aquiles? Segundo o Joyce, o Ulisses teria para quem voltar. Teria o seu reino em Ítaca, que nos dias atuais pode ser traduzido por uma casinha com quintal e biblioteca, e esposa culta, Penélope. O filho, Telémaco, terás que me ajudar. Não sou hermafrodita!

Julgo que serei uma mãe melhor do que foram para mim. Que não hei de violentar a minha filha. Desculpa, mas sempre penso que serei mãe de uma menina. Que não hei de impor as minhas vontades, nem contaminá-la com os meus medos. Nunca, nunca, cortarei um só fio de seus cabelos, se não for da sua vontade.

Que serei a sua amiga e não teremos segredos, ou ao contrário, seremos amigas e teremos todos os segredos do mundo, e não adianta tentares me corromper para saberes: como uma irmã, serei fiel a nossas intimidades.

Prometo que passaremos a maior parte do tempo nos campos, junto com a natureza de que tanto gostava. Sentindo o cheiro forte da terra molhada, do mato e do húmus. E prometo ainda tomar chuva! Tomar todos os banhos de chuva possíveis e atravessar o riacho com troncos de bananeiras. É tão fácil fazer uma embarcação com troncos de bananeiras...

Diferente de mim, vencerá na vida, podendo ser uma intelectual emancipada, talvez uma médica. Mas asseguro ensinar-lhe também o gosto pela casa, pela comida, pela decoração, pela arte. Tínhamos um oratório que era a coisa mais linda do mundo. E no Natal montava um presépio que as pessoas vinham olhar.

Não tenhas ciúmes, sei que os pais são mais zelosos com as filhas do que com as esposas.

Gostaria que ela lesse menos do que eu. Que não se realize no eu lírico dos poetas, que não enlouqueça... Ela não precisará de luxos, só o suficiente: frequentar uma boa escola e, depois, talvez um intercâmbio no Velho Mundo para aprender idiomas.

E quando ela estiver nas aulas e lhe perguntarem a profissão do pai, quero que diga "poeta". É tão invulgar ter um pai poeta de verdade que ela vai se orgulhar.

E quando perguntarem a da mãe, talvez leitora. Sim, se perguntarem para que serve uma leitora, que mande plantar batatas.

Isabel.

Recife, 3 de fevereiro de 2000

O que amas de verdade permanece,
o resto é escória
O que amas de verdade não te será arrancado
O que amas de verdade é tua herança verdadeira.

Caro Afonso,

Hoje estou ácida, de péssimo humor! Também acabei de receber um livro horrível. Quanta coragem de publicar um livro desses. Só porque era um amigo da família e sabia que eu gostava de poesia, teve a insolência de me presentear com um exemplar. Ainda queria saber a minha opinião. Apenas lhe disse "É melhor não..."

Muitos livros deveriam ser queimados por atentarem contra a beleza. Versos sem nenhuma invenção. Traduções mal feitas que deformam o ritmo. Escritores medíocres que bajulam os poderosos para serem publicados. Intelectuais que mostram hermetismo e mascaram o que realmente são: nada!

Não, não espere de mim gestos diplomáticos, eu não sou politicamente correta. Nunca fui! Toda a grande literatura não é politicamente correta. A vida não é politicamente correta. Por que eu haveria de ser? Poucas coisas me irritam mais do que um pretenso poeta! Para mim, um mau poeta é ainda pior do que um mau médico, mas evitemos os dois!

Parece-me que todos acham que podem fazer poesia. Burocratas que querem acrescentar à sua biografia um livro de poemas! Senhoras que, depois de aposentadas, vão aprender poesia nas oficinas literárias...

Para mim não há nada mais caricato do que isto. A minha mãe tem uma amiga que faz oficina. Não seria melhor ser amante do tutor? Ter com ele um caso e confidenciar para as amigas no chá das cinco? Ensejaria muito mais prazer e inveja!

Aquele ditado "ter um filho, plantar uma árvore e escrever um livro" deveria ter um adendo: "não vale para os livros de poemas".

O que acho mais absurdo é quererem fazer de toda a obra literária uma obra politicamente correta à luz dos nossos dias. Execro este sentido asséptico que querem dar à arte! Ou pior, exigir dos poetas que tenham biografias de santos. Os poetas, como tu bem sabes, não precisam ser boas pessoas.

Há aqueles que cometeram erros terríveis, mas são grandes. Não podemos num mesmo processo julgar poeta e pessoa! Sade e Wilde atentaram violentamente ao pudor; Rimbaud tem na sua história uma tentativa de homicídio; Ken Kesey, para enganar a justiça, chegou a simular o seu próprio suicídio. Enfim, performances para ilustrar toda a tipologia penal. Mas são todos grandes autores.

O que dizer então do Ezra Pound que aos 15 anos queria saber mais poesia do que qualquer outro homem da terra? Depois cometeu barbáries contra a humanidade, tendo que ficar trancafiado numa jaula como um monstro! Parece incrível para o homem que escreveu o grande poema do século XX.

Os Cantos são a tradução da modernidade. Encanta-me aquele diálogo com toda a tradição elisabetana: Ben Jonson,

Christopher Marlowe, Edmund Spenser e os outros! Foram cinquentas anos tingindo suas páginas! Tem de tudo lá: *Metamorfoses*, trovadores provençais, poesia chinesa, partitura musical. São tantas línguas em consonância como numa grande sinfonia. Eu fico em êxtase! Todo o poeta deveria pedir aos deuses um ouvido como o do Pound.

Ele é mesmo um demônio com todas as técnicas, um Franz Liszt da poesia. E ainda dizem que teria ficado incompleto em suas 120 partes.

E tu, Afonso, já pensaste em escrever um poema longo? Não desejas levar adiante este legado do poeta de Hailey? Um sopro do épico não faria mal nenhum ao teu lirismo!

Fiquemos com o amor e com os bons poetas, o resto é escória.

Da tua,
Maria Isabel.

Recife, 20 de fevereiro de 2000

Afonso,

Passei hoje em frente à Academia Pernambucana de Letras. Passava por lá todos os dias depois de vir da escola, mas nunca havia prestado tanta atenção à beleza da casa. Acho que o fato de estar me correspondendo com um poeta me fez ver aquele sobrado de uma forma inusitada. Não me pareceu bem cuidada. Pude reparar na fonte, nas árvores e no terreno ao redor. Queres que eu a compre para ti?

Façamos uma oferta. Poderíamos morar na insígnia maior da literatura do Estado. Jantaríamos no Salão Nobre e passearíamos pelos jardins... Mas nunca me deixe só, naquelas paredes deve haver mais fantasmas do que poemas perdidos.

A Academia, por definição, não é o espaço para a iconoclastia, para as mulheres malcomportadas, como eu da Escola de Safo. E tu não és um poeta maldito, um François Villon do Recife. Não habitas na insanidade, no crime e na miséria. És de outra estirpe.

Imagina te um acadêmico! Queres que eu te arranje uma cadeira? O meu bisavô foi sócio fundador. Ele comprou o que pôde e o que não pôde também. Isso pode facilitar as coisas. O problema é se não houver nenhuma declarada vaga. Teríamos aí um dilema! Talvez a solução fosse matar um imortal.

Imagino que sejas melhor do que muitos dos seus membros em desuso! Logo não seria algo tão injusto. Ao contrário, deixaríamos a nossa condição de omissos no mundo, ao menos no campo da arte. Não vale a pena cometer um delito para defender a si próprio ou a humanidade? Atrás de um ato hediondo não pode haver uma ideia nobre?

Escolhe uma cadeira que não pertença a um bom escritor e, de certa forma, estaríamos fazendo direito em colocar um poeta de verdade no seu lugar. Afinal, sabemos que nem sempre as eleições são justas. Vai preparando o teu texto para o discurso de posse. Um pouco de cianureto no chá das cinco e resolveríamos o problema.

Sei que preferirias entrar pelo teu próprio mérito, pelo valor da tua obra, mas isso nem sempre é possível. E o que vamos fazer? Que diferença há entre um mau escritor e um agiota, se eles nos arruínam a vida e nos tomam os espaços?

Meu querido Afonso, são nossos os conflitos existenciais, os dramas psicológicos de Raskólnikov em São Petersburgo! Só que os nossos delitos nunca sairão do plano intelectual. Assim, enquanto eles, os personagens, realizam as suas ações, nós sofremos por isso!

Os russos sabem fazer literatura como ninguém. Depois dos gregos, para mim, são os russos. Leio os contos do Anton Tchecov como um poema. Nós é que, ocidentalizados demais, temos preguiça de conhecê-los. Foi a partir dos romances de Dostoiévski que Mikhail Bakhtin criou o seu conceito de obra polifônica.

Trata-se de pensar no leitor como um ser pulsante e inteligente. Nem todos os escritores tratam o leitor assim. Muitos são fascistas, querem impor as suas vontades. Na Rússia, *Crime e Castigo* é um romance fundamental para a educação estética. Aqui, nós queremos tirar os clássicos das escolas.

Dou um jeito, não iriam suspeitar de nós. Quem iria suspeitar de uma senhorita da high society? Mas seríamos capazes de viver em paz depois do nosso delito? Não creio. Eu, por exemplo, não gosto de pisar nem nas formigas. Já cortei tantos caminhos para não machucar esses e outros seres dos mundos inferiores que vivem sob os nossos pés.

Isabel.

Recife, 29 de fevereiro de 2000

Hanc tua Penelope lento tibi mittit, Vlixe:
nil mihi rescribas attamen: ipse veni.

Tua Penélope envia-te esta carta, moroso Ulisses:
contudo, nada me respondas: vem tu próprio.

Vate das minhas quimeras, escrevo-te no dia 29 de fevereiro de um ano bissexto. Quisera ter nascido num dia assim. Comemoraria menos aniversários...

Como prenda, trago-te, hoje, uma obra didática. Ainda não sabes como conquistar o coração de uma mulher? Por acaso ainda não leste *Ars Amatoria*? Lá tem tudo, tão explicado em dísticos elegíacos. Mas cuida-te que eu já tomei os antídotos, os remédios do mal do amor. O próprio Ovídio explica.

Não sei se o aprecias! Entre os latinos, é o meu predileto. Mesmo tendo lido os seus ensinamentos da sedução – devo dizer que sou uma péssima discípula. Ainda assim, os sentimentos amorosos nas cartas das heroínas sempre me emocionam.

Não poucas vezes, me lacrimejaram os olhos com os destinos destas amantes míticas. Mas eu, diferentemente das heroínas de Ovídio, não posso ter complexo de abandono porque não pode ser abandonada quem nunca teve a presença do amado ao lado. Quem nunca teve no seu leito um herói. Não posso cantar como Penélope a Ulisses, nem como Dido a Eneias, muito menos Medeia a Jasão, poemas elegíacos.

Elas escreviam cartas aos seus amantes e tu, Afonso, por mais que eu queira ou deseje, não posso chamar-te assim. São todas elas cartas de reclamação. Todas elas, por diversos motivos, estão insatisfeitas na sua condição de amantes. Reclamam mais do que eu, todas elas sem exceção: Penélope, Briseida, Fedra, Ariadne, Medeia, Safo. Cada uma com os seus problemas particulares que, no final, levam-nas ao problema comum, todas abandonadas, vítimas do machismo.

Os homens preferem as guerras e os outros homens, no exercício do poder, da política, do que as mulheres. Jasão, suspeito que gostava mais dos argonautas do que da nobre Hipsípila ou mesmo do que de Medeia. Não serão gays? Aquiles, por exemplo, tinha mais gosto no contato físico com os seus inimigos do que com a pobre Briseida.

Acho que é por isso que ainda hoje, no horário mais belo da semana, quando sinto mais melancolia, que é no domingo à tarde, boa parte dos homens são capazes de abandonar as suas namoradas, amantes, para irem ao jogo de futebol, no estádio lotado de corpos suados. E os gregos ainda chamavam os outros povos de bárbaros!

Eu me divorciaria de você na hora, se acaso me fizesses esta desfeita. No domingo à tarde, não! É a minha hora mais frágil. Se fosse poeta, pariria poemas esta hora!

Destes personagens mitológicos, talvez o que mais saiba amar seja o Pigmaleão. O rei artesão, para encontrar a mulher, teve que extrair do mármore. Forjar com o cinzel cada centímetro do fêmur, cada ornato da forma. Depois ainda teve que contar com a piedade da Afrodite para não morrer à míngua.

Tu tiveste mais sorte, já a tens pronta em carne e osso e literatura.

Meu pagão, não abuses da sorte.

Sentindo-me uma heroína,
Isabel.

Recife, 20 de abril de 1999

Isabel,

Invadiu-me o temor de que não estivesses bem. Na minha insegurança, me vinha à cabeça que tivesses descoberto, ao acaso, numa visita à livraria, um poeta melhor do que eu.

Seguindo um ímpeto, fui ao teu prédio. Tive vontade de bater à porta, mas faltou coragem, pensei que poderia causar um escândalo ou constranger-te.

Fiquei o dia inteiro na rua, contando os andares, olhando para as varandas como se me fosses acenar ou enviar o código de acesso. Já noite, vi uma luz acesa na parte que julgava ser o teu apartamento. Imaginei que lias poemas e que estavas bem. Foi quando resolvi deixar a torre.

Levava um convite para o lançamento do meu livro novo. Ainda que não possas sair depois para tomar um vinho no D. Pedro, como reza a tradição, gostaria que ao menos fosses me apertar a mão, desejar sorte a um poeta.

O Francisco queria que eu lançasse em outra livraria, mas eu preferi a Guarany. Foi lá que tudo começou e será lá também que nos falaremos pela primeira vez.

Afonso.

Recife, 25 de abril de 1999

Jovens, porque já não vive Odisseu, me quereis como esposa.
mas não instei sobre as núpcias, conquanto vos veja impacientes,
té que termine este pano, não vá tanto fio estragar-se...

Ata-o, prende-o a mim. Que ele não sinta o perfume das outras, mesmo que elas tragam rosas e orquídeas nos cabelos, mesmo que elas tenham mel na boca. Eu o amo tanto, tenho medo de perdê-lo. Ata-o a mim, prende-o a mim, enquanto estiver distante. Que nenhum poema o enfeitice, que nenhum encanto de Circe o desvie do caminho, é melhor andar sozinho do que bem acompanhado. Quando embriagado com vinho, que adormeça logo e que na sua cama haja espinhos, para que não repouse mais ninguém. Da última vez que ele esteve longe, eu quase enlouqueci. Foi preciso trazer da cidade drogas amargas, foi preciso vir da aldeia a rezadeira. Ata-o, prende-o a mim. Agora mesmo estou tecendo para ele um cobertor de lã, já se foram dez novelos, o inverno não custa a chegar. Agora mesmo estou salgando os queijos para tê-los frescos na sua volta. Que ele não pense mais em sandices, que não queira trazer para casa toda a fortuna do mundo, não corra perigo, nem deseje entrar nos livros como um herói. O seu reino está preservado, o seu trono está vazio, que ele volte logo, que lhe soprem os bons ventos e o tragam são e salvo aos meus braços. Por sobre a cerca rondam os inimigos, já me fazem a corte, que ele volte logo com as suas armas. O cão o espera para a caça e tudo está igual ao que deixou, apenas eu estou mais magra, que ele traga em seu corpo o apetite. O nosso filho é a sua cara, e tudo está igual como partiu, apenas eu estou mais pálida, que ele volte a galope e me traga o sol.

Penélope

Recife, 27 de maio de 2000

Caro Afonso,

Sinto imensamente, porque não pude comparecer à Guarany no lançamento do teu novo livro.

Senti-me orgulhosa e sei o que isso representou. Queria muito ter-te visto com a caneta em punho recebendo os pares e amigos. De qualquer forma, o Luís passou por lá e comprou um exemplar! Pedi-lhe para não retornar sem um autógrafo. Mas confesso que achei tão singelas as palavras que me dedicaste. Foste contido como não devem ser os poetas românticos.

De qualquer forma, agradeço-te.

Isabel.

Recife, 11 de junho de 2000

Senhora Isabel,

Acusa-me de contido. Você não pode nem imaginar como eu me senti. Eu não precisava autografar o livro para o seu Hermes sem asas, porque todos os poemas deste insignificante volume são seus. Portanto, agora, use-os da maneira que lhe convier! Jogue fora ou ponha-os a arder, o fogo é sempre trágico, mas é belo!

A minha poesia já não é nada mais do que a impossibilidade de vê-la. É para isto que escreve cartas? Para seduzir e brincar com um pobre poeta?

Fui tão tolo ao imaginar que os meus poemas podiam trazer algum prazer a uma mulher sofisticada como você que fala com Safo em primeira pessoa! Que os meus versos poderiam estancar um pouco da melancolia, lhe restaurar a saúde.

Sinto-me uma criança que apenas imita e pensa ser um prodígio. Desespera-me pensar que feche o meu livro. Não tendo qualquer opção na vida, inventei estas palavras para impressioná-la. Mas elas nada têm de gênio. Que outra arma tenho eu, para além desses poemas, de chegar aos seus pés, para impressioná-la? Diga-me?

Foi sincera! Avisou-me que podia sofrer mais do que você, que poderia me machucar. O que sou eu agora? Um ser dependente das suas palavras. Das suas cartas. Deito-me com elas, só me falta comê-las com mel.

Subestima-me. Não me acha digno de cometer um crime passional? De usurpar a vida de quem deita ao seu lado, mesmo que você não o ame? Ou mente para mim? Ou cria nestas cartas uma personagem maior do que Annabel Lee?

Brinca comigo, Isabel, é isso? Diverte-se? Pode mostrar-me o seu exibicionismo. Provoca-me como a um tolo! Fala-me das suas riquezas e viagens. Mas eu não preciso disso, nunca precisei, tenho a poesia. Já era poeta antes de conhecê-la.

O que pensa que trago nas veias? Tinta, é isso? Acha que nos poetas corre tinta nas veias? Que somos seres delicados e compreensivos com a perversidade do mundo?

Não, Isabel. Cuidado! Os poetas não são fracos. E não há tanta diferença entre um punhal e uma pena quando se estiver ensandecido. Peço-lhe, não me escreva mais. Não me leia mais, tudo que eu tinha para dizer-lhe está dito neste livro. Não posso sacrificar-me se não estou à sua altura. É uma deusa má, muito má! Todo o meu sangue não é suficiente para aplacá-la.

Afonso.

Recife, 2 de julho de 2000

Caro Afonso,

Subestimei-te. Dei-te o registro de um escritor provinciano. Acho que é isso que faço todos os dias, desdenho das pessoas como se eu fosse de uma classe superior.

Inventaram que o meu quociente de inteligência era acima da média. Disseram-me que eu era uma criança superdotada com grande habilidade intelectual e quiseram me fazer acreditar que, por uns simples testes, a minha vida real seria diferente. Não havia no Recife uma escola especializada para os prodígios que leem aos três anos, imagine!

Acho que todos os pais querem isso: acreditar que os seus filhos são diferentes, que trazem em sua carga genética a herança dos gênios e serão os novos Einsteins e Mozarts. Uma forma de compensação pelos seus próprios limites cognitivos. Quando perceberam que a minha "superdotação" não teria qualquer serventia, foi um desastre, um desapontamento. O pior é que talvez eu tenha acreditado nisso, que um dia eu faria alguma coisa grande. Agora, já não me parece.

Desculpa-me a presunção, perdoa-me a covardia. Sei que pode não mais importar-te, mas estive contigo em pensamentos naquela pequena livraria. Imaginei-te elegante a abraçar os teus poucos amigos. Idealizei até o Francisco, de quem já tenho apreço pelo bem que te faz.

Mas imaginei também a tua ansiedade em não me ver adentrar por aquela porta. Pude ver-te a olhar de cinco e cinco minutos para o relógio e pensar: "Será que ela não vem?" E depois, a desilusão, ao ver o Luís pedindo para me dedicares um autógrafo. Como consequência, somatizei em meu corpo, como se ainda fosse uma garotinha. Apareceram-me manchas vermelhas, tenho tido febre constantemente, mas não acusam nada. Acho que me sabotei como sempre.

Recusei este encontro e recuso-me a mim mesma. Quando me olho, sinto-me pálida, temo os espelhos, receio ser rejeitada. Mas, sim, senti-me nos teus versos:

Mentias para mim
como se fosses poeta,
e em razão da tua criação
tudo seria lícito
inclusive nem dares por isto,
e viveres à torre,
enclausurada,
a tomar tóxicos
num ato contínuo de invenção...

Sou eu a mentir-te como se eu mesma fosse um poeta a inventar disparates? Sou eu que, em razão da minha vida, tudo me é lícito, mesmo os grandes absurdos? Sobretudo, sou a louca enclausurada a tomar tóxicos num ato contínuo de invenção?

Sinto-me tanto neste poema que chego mesmo a duvidar da minha existência real.

Da tua personagem,
Isabel.

Recife, 20 de agosto de 2000

> *"São horas de te embriagares! Para não seres como os escravos martirizados do Tempo, embriaga-te, embriaga-te sem cessar! Com vinho, com poesia, ou com virtude, a teu gosto."*

Afonso,

Na nossa casa, como no conto de Guimarães Rosa, "a palavra doido não se falava, nunca se falou, os anos todos." Por isso, quando eu inventei amigos para brincar de trens que iam do Recife à Sibéria, diagnosticaram-me com distúrbio de personalidade, com o mal de "bouderline". Um nome tão bonito para a falta de juízo. Penso que tinham medo que eu acrescentasse esta insígnia, como um sobrenome, *à família*. Por isso puseram-me em cárcere privado.

Embora quisesse, eu não poderia, assim como Baudelaire, escrever um *Spleen de Recife*. Não conheço a cidade por dentro, as suas vísceras, as suas entranhas. Nada sei sobre o seu mangue, o seu porto, a sua zona de prostituição. Os poetas iam aos puteiros, mas você me parece t*ão casto* Afonso, ou terá vida secreta em algum *rendez-vouz*?

N*ão saberia fazer* as crônicas do cotidiano, do mundo marginal, como fizeram Constantin Guys e os pintores da vida moderna dos quadros parisienses. Pouco sei sobre a cidade, a não ser as minhas imagens infantis naquele sobrado colonial, um mundo à parte, em Casa Forte, cercada de muros altos e cercas elétricas.

À segunda-feira, de madrugada, hora de voltar para o Recife, era uma tortura para mim, pois significava o retorno à prisão. O colégio de ordem religiosa, onde confessava os pecados que só cometia em pensamentos. Depois vieram as internações e o exílio europeu. Assim, fui apartada da cidade, como éramos apartados, em casa e na escola, dos meninos pobres.

Incomodava-me, dentro dos vidros dos carros, ver aqueles meninos do lado de fora a olhar para mim como se fôssemos diferentes deles. Sempre perguntava a minha mãe "por que não posso sair para brincar com eles na rua?" Gostaria de ter amado mais livremente as pessoas e a cidade.

Vovó gostava de andar a pé pelas ruas do centro. Ia à feira e à missa de ônibus. Nunca chorei tanto uma morte como a da minha avó! Nem sabia que tinha tantas lágrimas! Na minha inocente perversão, indaguei por que ela e não outras pessoas da família...

Guardo algumas coisas dela no meu quarto: pequenos objetos, retratos, joias, bijuteria e roupas. Às vezes me visto com elas. É a parte da herança de que mais gosto. Fora os livros, as únicas coisas que quero levar se um dia for viver com você.

Ela sempre agiu com sinceridade, foi a única que se opôs ao casamento da minha mãe, um casamento por interesses. Dizia que minha mãe não amaria o meu pai, um homem honesto, mas sem espírito romântico.

Quando adolescente, a senhora Isabel foi apaixonada por um ator de teatro que, depois da sua recusa, foi embora com o circo para o estrangeiro. Que história mais fantástica! Ela nunca me falou nisso, nem guarda qualquer carta. Uma tia me contou me fazendo jurar guardar segredo. Acabo de quebrar o juramento.

Vou encerrando por aqui esta missiva. Tenho dores por todo o corpo. Inoculei uma toxina poderosa, parece que estou apodrecendo, e, como a Rainha Isolda, neste sortilégio, não posso me salvar de mim mesma.

Penso que estou perdendo as esperanças na beleza da vida e, às vezes, nos poetas.

Isabel.

Recife, 3 de setembro de 2000

Senhora Isabel,

Estou de partida. Fui aprovado num concurso público para uma Universidade do interior. Não era isso que eu queria? Levo uma vida precária e isto me parece a única solução. Caiu-me como uma luva folgada. Agora poderei ao menos comprar livros ou publicar os meus sem peso na consciência.

Não posso ficar inerte enquanto o mundo gira. Dar aulas não é a mesma coisa que fazer poesia, não é exatamente um trabalho de todo criativo. Há maçadas por todos os lados no universo acadêmico, mas ao menos eu terei alguns alunos curiosos que sempre me estimulam.

Já não é possível ser como Alberto Caeiro, e viver de mãos dadas com a natureza apascentando rebanhos. Também já não há reis ou cortes, onde eu possa viver como um agregado. Nada melhor para um poeta que se acha tão superior, que não quer participar de concursos literários, do que ter alguma estabilidade.

Bem que eu gostaria de ter sido um diplomata e morar nas grandes cidades europeias, com elegância e ócio para produzir a minha obra. Talvez assim, ficasse ao meu lado. Faltou-me berço para isso. Restou-me dar aulas no Sertão, o que pretendo fazer com o máximo de dignidade.

Se ao menos soubesse, como os poetas que idolatro, que estou deixando alguma coisa de valor. Mas nem isso eu sei.

Não, Isabel, não há nada neste mundo que impeça o nosso encontro a não ser nós mesmos. Queremos realmente isso? Não é melhor permanecermos protegidos pela ficção? Sei que, na fragilidade em que você se encontra, isso deveria partir de mim. Mas como você mesma disse algures, poderia ser um desastre.

Tenho um medo profundo de decepcioná-la. O meu amor provençal sabe que em tudo és superior a mim.

Afonso.

Recife, 8 de setembro de 2000

Afonso,

Platão diz no *Fedro* que no Egito, quando da invenção da escrita, se tinha a percepção de que isso acabaria com a memória das pessoas. O poema nasceu para o ouvido. A escrita tornou a nossa civilização preguiçosa e os homens frios.

Se me fosse dado um único desejo agora, queimaria todas as bibliotecas do mundo!

Recife, 13 de setembro de 2000

Senhor Afonso,

Já sabes o que penso sobre a tua poesia, como eu já sei até onde podes chegar! Sei dos segredos da tua escrita, da tua métrica. Conheço as tuas imagens como as mulheres conhecem os corpos dos seus amados, de olhos fechados. Saberia apontar um verso teu dentro de uma antologia de inéditos.

Elas não deixam de amar por saberem de tudo, incluindo suas imperfeições quando os comparam a Apolo. Mas podem deixá-los se se sentem repudiadas e, por vingança, podem trocá-los por seres aborrecíveis...

Achas que és tudo para mim? *Un coup de dés jamais n'abolira le hasard* ou, em bom português, "um lance de dados jamais abolirá o acaso." Me querias à disposição como os reis suas cortesãs? Só que, como parece prescindir da sensualidade, quer uma leitora? Que bom ter a leitora mais rica e culta do Recife, sem dar nada em troca?

Cansei do teu fetiche, da tua perversão. Para a minha própria saúde, aquilo que era uma distração, um prazer, tornou-se perigoso. Criei mais uma dependência e desculpe-me a franqueza, já não da tua poesia, mas propriamente de escrever-te. Já não me chegam estas outras tantas diárias? Agora tenho dependência de escrever para você. Não durmo, não fodo, não faço nada de jeito! Só sei que existo porque ainda respiro.

Esta escrita diária, compulsiva, está me subtraindo à pouca realidade que ainda tenho, o meu próprio corpo. Assim, espero que decidas de vez: ou vens me ver ou não receberá de minha parte uma só linha. Só não vou procurar-te porque não estou podendo sair de casa. Envio-te um mapa com a minha direção. Deixarei as luzes acesas para não te perderes.

Isabel de Mello.

Francisco,

Não saiu uma única linha no jornal. Tudo foi tratado com o mais absoluto sigilo, como se fosse um segredo de Estado. As pessoas de tradição mantêm suas vidas com uma discrição que nós desconhecemos.

Fui procurar o Sr. Tarcísio para saber qualquer informação. Ele ouviu um comentário de que um empregado teria deixado a grade entreaberta e, quando ela estava no jardim da cobertura cuidando das flores, ao encostar, o parapeito não resistiu...

Como eu poderia saber que a minha leitora não era aquela Senhora? Que a minha Isabel era a outra.

Diga-me Francisco que ela existiu. Diga-me que todo esse tempo que eu fiquei recluso não foi você que, por comiseração, me escreveu aquelas cartas. Ou melhor, diga-me ao menos que você próprio existe, que não é, como Maria Isabel, uma personagem de ficção. Diga-me, por favor, que não é tudo invenção.

Sr. Afonso,

Ela sempre foi uma menina diferente. Sempre teve uma sensibilidade estranha para as coisas. Tudo no seu mundo era mais puro, mais intenso, encantado. Um simples banho era ocasião de um folguedo.

Parecia que não precisava de nada nem de ninguém. Nas férias, quando íamos à fazenda, retirava-se e passava o dia todo conversando com as plantas e os seres da floresta. Dizia que não queria voltar para casa. Que haveria de transformar-se em ninfa!

As pessoas especiais nos exigem muito! Eu não estava preparada para ter um prodígio em casa. Quem está? Quem espera ser mãe de um milagre?

Ela poderia ter sido o que quisesse! Poderia ter feito carreira no Itamarati e ter sido diplomata. Tinha cultura e formação para isso. Era desse tipo de pessoas que podem fazer tudo e não fazem nada! Você sabia que aos sete anos ela já lia em francês e inglês e gostava de música erudita? Tomou para si a coleção de clássicos do avô. Depois, ainda inventou de estudar grego. Dizia querer sempre ler no original.

Deitava-se com os livros. Lia um monte ao mesmo tempo. Nunca vi ninguém ler tanto para nada. Para não ser médica, advogada nem escritora. Em meu entendimento, nunca atingi algo que não tivesse alguma coisa de prática, alguma finalidade.

Poderia ter tido o homem que quisesse, eram todos tão doidos por ela. Enfeitiçados! Quando falava, era como se tivesse um ímã a atrair todos os olhares. Arrastavam-se a seus pés... Mas não quis. Parecia gostar do desperdício, da arte de jogar as coisas fora, pelas janelas, como fez, um dia, literalmente com as suas bonecas.

Depois, com as joias e roupas, que dava aos filhos dos caseiros. Algumas sequer tinha usado. Nunca vi alguém tão desapegado. Parecia querer nos arruinar, alienar tudo o que os nossos antepassados tinham amealhado.

Na festa de seus quinze anos, que preparei com tanto esmero, deixou todos na sala e foi deitar-se. Na manhã seguinte, disse-me apenas que precisava de terminar um capítulo, que simplesmente tinha de saber o destino de uma personagem. A literatura parecia ter mais importância do que o real.

Aquela menina sempre foi tudo para mim, eu só não sabia como controlá-la. Diga-me: "Como controlamos a chuva? Como podar uma beleza daquelas?"

Ainda criança, rompeu comigo por lhe cortar os cachos ruivos! Tomou como uma afronta. Trancou-se no quarto, desolada, como se fosse uma aprisionada. Foi a primeira das muitas mágoas que lhe causei.

Então, subitamente, vinha aquela tristeza toda, uma melancolia que eu nunca entendi, por isso procurei ajuda. Outro erro, juntamente com a história com o irmão, que eu, na minha percepção obtusa, só enxergava com maldade e por isso quase a destruí, sob o pretexto do amor, da proteção. Quanta iniquidade fazemos em nome do amor!

O senhor não imagina. Ninguém no mundo pode imaginar! Sinto-me culpada. Falhei com a pessoa mais elevada que conheci. A minha filantropia começou como uma forma de purgar-me pelo mal que fiz àquela menina. Dela, eu não tenho nada. Restou-me o mesmo nome: Maria Isabel de Mello.

Sim, Senhor Afonso. O que deseja falar-me? Você conhecia-a bem, não é?

Quando o anunciaram, logo o associei às cartas, por isso o recebi. Ando reclusa. A última que ela iria lhe enviar está aqui, intacta. Ela não me perdoaria se eu abrisse alguma coisa dela. Sempre soube impor-se e fazer-se respeitar.

Peço desculpas se não lhe encaminhei, falta-me a lucidez para gerir a vida, quanto mais as cordialidades sociais. Mas posso assegurar-lhe que as suas correspondências eram importantes para ela. Estão numa caixinha que ela, naquelas suas invenções, chamava de Caixa de Pandora e pedia que jamais abrissem.

Recife, dezembro de 2000

Caro Afonso,

Ameaço-te com mais uma carta de despedida. Não, não penses que atentarei contra mim mesma. Na minha farmácia não há nada além destas pequenas substâncias que só me dão sono. E não penso numa morte mais violenta. Não há nada de cicuta, nada de estricnina, nada elegante para um poeta ou mesmo uma leitora pôr fim a sua vida. Assim, não me encontrarão a verter sangue sobre os lençóis alvos de seda, como fez Mário de Sá-Carneiro no Hotel Nice, em Montmartre.

Apenas decidi abandonar a poesia. Arthur Rimbaud não fez isto para ir traficar na África? Poetas menores não fazem isto todos os dias sem percebermos? Tiveram com a poesia uma paixão fugaz na adolescência e nunca mais pensaram nisso. No meu caso, é muito mais simples, pois se não escrevo, é portanto muito mais simples este abandono que, por consequência, hoje também é um abandono de você.

Não é tempo de poetas e não posso mais iludir-te. Tenho a minha alma saturada de poemas e começo a pensar que já os conheço todos. Quase nada mais me arrebata. Sinto que preciso parar de ler para, quem sabe, voltar a ser como aquela mocinha que deixava tudo e ia para o rio com a lírica de Camões. Pobre ceifeira...

Começo a ter outros interesses. Mesmo a minha mãe, por quem não trago grande admiração, tem feito coisas mais importantes do que eu. Esta semana, ela trouxe alguns meninos de um abrigo para jantarem aqui em casa. Quase me reconciliei com ela. Senti um orgulho por ela que nunca tinha tido antes. Pensei que ela estava querendo ser uma pessoa melhor de verdade.

E ela fez isto sozinha, sem aquelas socialites, todas velhas loiras como se fossem nórdicas. Tão ridículas... Penso que jamais pintarei os meus cabelos, Afonso. Já os tenho castanhos claros, quase ruivos... Não quero ser loira! O destino não nos uniu, mas se ficasses comigo, terias de aceitar os meus fios brancos, que ainda não são muitos, mas já fazem parte da moldura. Aliás, gosto tanto daqueles versos teus:

Eu podia ver-te entre os tempos
Ou ausente deles
Quando eras menina, rapariga
Ou agora, melhor, como fruta caída

É assim que eu me sinto, Afonso, "uma fruta caída". Mas esta metáfora pode, como deve a grande poesia, ser plurissignificativa. Eu sou uma fruta caída de madura e sei que voltarei a alimentar a terra, mas no fundo começo a pensar que gostaria que alguém faminto passasse e me comesse inteira, com casca e tudo.

Assim, a minha primeira medida foi doar cerca de dois terços dos meus livros de poemas, e olha que não foram poucos. Foram tantos poetas que sei que nunca mais lerei poemas em tantas línguas. Livros autografados por grandes nomes da literatura nacional, como João Cabral de Melo Neto e Manuel Bandeira, e mesmo internacional, como uma edição que comprei em Madrid do poeta que tanto amo, Garcia Lorca. Na época, dei uma verdadeira fortuna por ela.

Mas parecia que eu estava me livrando de um peso, ou melhor, como se aquela poesia que já li não precisasse mais de mim. Foi tão bom ver os espaços vazios do meu quarto. Onde havia em destaque uma edição bilíngue do *Paradise Lost*, tenho agora um jarrinho.

Doei a uma senhora que tem uma banca na praça do sebo, cujo nome nunca decorei, mas que um dia, vendo o meu interesse por poetas pernambucanos, resolveu me presentear com uma antologia da Geração 65. Parece que sou assim mesmo, Afonso, nunca fui apegada às coisas e acho que a poesia não está nos livros, mas em nós mesmos. Espero que caiam em mãos certas. Mas a vida, como te disse na primeira carta – lembras? –, é um jogo, nunca saberemos.

Começo agora a ter interesse, depois do naufrágio que foi o meu casamento, em adotar uma menina. Quem sabe, até uma menina com alguma deficiência. Talvez ela possa me salvar de mim mesma. Tenho tanto amor, Afonso, e se não tive do meu ventre uma flor, por que não pegar uma flor machucada? Hoje, isto parece ter muito mais significado do que ficar traduzindo aqueles poetas russos, agora um desafio sem qualquer sentido para mim.

E, honestamente, não te vejo, meu bardo, neste papel. De deixar os teus poemas, a tua solidão, para ires comigo aos médicos, para acordares à noite para dar remédios e medir as febres. Precisas de proteção e de sossego, muitos dos grandes artistas foram blindados e, mesmo do alto da sua arte, não conheceram o mundo real, mas tão-somente a mimese.

Estou me mudando, Afonso. Levarei comigo apenas algumas plantas que correriam risco sem os meus cuidados e a Maria do Carmo, Carminha, que cuida de mim desde que eu era criança. Só ela, Afonso, sabe me fazer os chás e doces e cantar as canções de que preciso. Além do mais, ela quer ir por vontade própria, como os escravos que se afeiçoavam aos seus senhores.

Fica em paz, Afonso, a minha distância não diminui o meu amor.

Em tempo, o seu livro foi poupado nesta primeira devassa, mas não é garantido na próxima.

Da tua,
Isabel.

Esta obra foi composta em Minion e
impressa em papel pólen bold 90 g/m² para
a Editora Reformatório, em maio de 2021.